춘추전국시대

나남
nanam

나남시선 92

춘추전국시대

2018년 12월 12일 발행
2019년 1월 20일 3쇄

지은이 고승철
발행자 趙相浩
발행처 (주) 나남
주소 10881 경기도 파주시 회동길 193
전화 (031) 955-4601 (代)
FAX (031) 955-4555
등록 제 1-71호 (1979.5.12)
홈페이지 http://www.nanam.net
전자우편 post@nanam.net

ISBN 978-89-300-1092-4
ISBN 978-89-300-1069-6 (세트)

책값은 뒤표지에 있습니다.

나남시선 92

고승철 시집

춘추전국시대

나남
nanam

自序

시(詩)는
아버지 가슴처럼 너르고
어머니 품처럼 따사로워
유치찬란한 골계(滑稽)들도
너그러이 품으리라
애면글면 비손하나니…

2018년 12월

고승철

나남시선 92

춘추전국시대

차 례

2부 이름

3부 입맛

4부 언어

5부 기억

1부 — 그때

축지법縮地法

백두산에서 지리산까지
하루 만에 달린다고요?
축지법 쓰면 1킬로미터도 한 걸음이라고요?
지리산 뱀사골 오르내리며
티베트 축지법 '룽곰' 터득하셨다고요?
마답비연馬踏飛燕처럼 빠르다고요?
제자 수련생 모집 중이라고요?
박 도사님 그 허풍 믿고
대치동 족집게 학원 멀쩡히 다니던
배우 조인성 닮은 고 2 우리 조카 놈,
학교 때려치우고 그곳에 갔지요?
탈속脫俗하여 신선神仙이 되겠다며 …
신출귀몰神出鬼沒 박 도사 실력이라면
2020년 도쿄올림픽 마라톤 금메달 확실하네요
산골짜기 칡거 마시고
손기정, 황영조 이어 우승하슈!
그러면 조카 녀석 데려오지 않겠소
수업료도 달라는 대로 드리겠소
달라이 라마에게 어느 기자가 물었다면서요
티베트 수행자들, 신통력 대단하다고요?
허허허, 신통력 있다면 중국에 점령당했겠습니까?

공중空中 부양浮揚

삼라만상森羅萬象 이치 깨달아
몸이 새털처럼 가벼워
하!
기합氣合 소리 지르면 보허등공步虛登空 하여
공중으로 붕 뜬다는
자칭 우사羽士 정 도사님!
말로만 뻥치지 말고
진짜로 날아보슈!
스마트폰으로 확실하게 촬영해
유튜브로 널리 알려 드릴 테니

고대古代 인도에서도
공중 부양 자유자재로 한다는 득도자,
투명한 고래 힘줄 몰래 써서 들통났다지요?
그 시절에도 무대 와이어 사용한 모양이오

무당 작두 타기도 눈속임이라면서요?
작두 칼날, 자세히 보면 그리 날카롭지 않다는데
TV조선 여기자 김하림,
시퍼런 작두 위에서 춤춰도
발바닥 조금 아플 뿐 멀쩡하던데요

역사 바로 세우기

소한小寒 아침 출근길 버스정류장
귀때기 에는 칼바람, 몸뚱이 잔뜩 움츠렸는데
진고동색 개량 한복 어르신 대여섯
'역사 바로 세우기' 어깨띠 두르고
주민 서명署名 받고 있네

백발白髮 백수白鬚 휘날리며
영오穎悟 형형熒熒한 눈빛!
최익현, 황현, 신채호, 함석헌 선생 환생하셨나?
머리 조아리며 내 이름 석 자 정성 들여 썼지

저녁 퇴근길, 집 부근 네거리 현수막
'지하철 새 노선 역사를 여기에!'
'환승역 최적지는 바로 이곳!'
'살인적인 교통난, 해결책은 이것뿐!'

아하! 역사驛舍였구나
그래! 역사歷史는 명분, 驛舍는 실리

그 어르신들, 알바 일당 얼마 받았을까?
깔끔한 개량 한복, 주최 측 제공 유니폼일까?

쌀 팔러 간다

뒤주가 텅 비어
시장에 쌀 사러 가는 울 엄마
"쌀 팔러 간다!"
사러, 팔러… 반대말인데 통하니 묘하네!

아파트 경비실 음성 방송
"쓰레기 분리 수거하세요!"
분리 배출이 맞는 말이겠지
수거, 배출… 반대말인데도 같이 쓰이네

서촌 족발 식당 사장님,
"임대한 가게 임대료가 비싸 죽을 지경이에유."
임대賃貸, 임차賃借… 이것도 반대말

우연찮게 만난 옛 친구
우연치 않으니 필연적?
우연찮게, 우연히… 반대말인데 같이 쓰이네

전쟁, 평화… 반대말,
평화로만 같이 쓰일 수 있을까?

운명運命

나, 태어난 시각이 오후 1시 30분
반半풍수 울 할배
이것도 인연이라며
맏손자 이름
한시반韓時盤이라 지으셨네
세월 흘러 대학 신입생
동아리 고를 때
한시반漢詩班에 들었네
그곳에서 만난 올리비아 핫세* 닮은 여자친구와
이두한유李杜韓柳** 함께 읊조리며
검은 머리 파뿌리 약속

대만臺灣 유학 떠난다고 급히 결혼식장 물색
규수당 예식장 빈 시간
3월 30일 토요일 오후 1시 30분뿐이었네
이름 인연으로 예식비 50% 할인받았지
이런 것도 운명일까?

---

* Olivia Hussey(1951~), 영화 〈로미오와 줄리엣〉 주연 배우.

** 중국 문인 이백(李白), 두보(杜甫), 한유(韓愈), 유종원(柳宗元)을 함께 부르는 말.

춘추전국春秋戰國시대

중 2 중 3 우리 반에
김**춘추**金春秋 군, **전국**종全國宗 군
잘생긴 놈 둘 있었지
학업성적 싸움실력
으뜸버금 다투었지
서울음대 소프라노
여선생님 부임하자
수호무사 자임하며
주먹다툼 일삼았지
친구들도 편 갈려서
오전오후 울근불근
전교회장 선거 때엔
용호상박 도긴개긴
춘추전국 혼란시대
우리들도 실감했지
K대 Y대 사학 명문
학생회장 경력 쌓아
국회의원 여의도 행行
여·야 갈려 또 싸우네!
태평성대, 오긴 올까?

괄약근括約筋

어느 모로 살펴봐도
흠잡을 데 안 보이는
아리따운 그 아가씨
금은수저 명문대 졸
전공분야 동양사학
석사논문 받아보곤
그녀 얼굴 쳐다보니
은밀한 곳 연상되네
고결 우아 그녀에게
불경 결례 민망 황당
논문 제목 〈곽말약* 론〉
괄약근이 연상돼서

* 郭沫若(1892~1978), 중국의 역사학자이자 문인.

정말 체조

코흘리개 시절
학교 운동장

"정말 체조 시작!"

스피커 구령 따라
수천 명 전교생
로봇처럼 일제히
팔다리 돌렸지

가짜가 아니라 **정말**로!

세월 흘러 알았네
정말丁抹은
덴마크Denmark임을…

---

* 집단 맨손(도수) 체조는 이후 1970년 '국군도수체조', 1977년 '국민체조', 1999년 '국민건강체조', 2015년 '코리아체조'와 '늘품체조' 등으로 변화.

고슴도치

여성 물리학자 권 교수님,
냉철하고 이지적理智的
금테 안경에 늘 감색紺色 투피스 정장正裝
별명은 '퀴리 부인'

춘계 물리학회 세미나 뒤풀이
샹들리에 번쩍이는 이탈리안 레스토랑
회원들 너도나도 시집·장가보낼 딸·아들 자랑
권 교수님도 회심의 미소
핸드폰 꺼내 따님 사진 보여 주시네
"우리 딸내미, 김태희 빼박아 닮았어요!"

회원들 호기심 폭발
다투어 사진 보았네
"예… 흡사하군요."
추임새 말만 그럴 뿐
영 안 닮았다는 듯 입꼬리가 샐쭉
회원들 머릿속에 맴도는 속담

'고슴도치도 제 새끼는 함함하다 한다'

CC

Claudia Cardinale*
뭇 사내, 그녀 앞
심장 벌렁벌렁

Country Club
골퍼, CC 앞 필드 보며
나이스 샷 손 근질근질

Campus Couple
으슥한 벤치, 몰래 입맞춤
입술 달콤새콤

Climate Change
세상 사람, 기후변화 지구 재앙 닥치는데도
눈만 껌벅껌벅

---

* 클라우디아 카르디날레(1938~), 이탈리아 배우.

베고니아 화분

초등 2학년, 4월 봄
오뚝한 코, 하얀 얼굴
백설공주 닮은 담임 여선생님*
내 손 꼬옥 잡고
가정방문 다니셨네
산동네 시커먼 루핑 움막,
버짐 머리 아이들 복작이는 고아원,
피아노 딩동댕 부잣집…
순례巡禮 1주일

1학기 말 한여름
선생님, 학교 관두고 부산에 시집가신단다
자취방 베고니아 화분
내게 주셨네
선생님 떠나고 화분만 우리 집에 남았지
빨간 꽃 볼 때마다
심통 나고 억울했네
나중에 알게 된 베고니아 꽃말
짝사랑

---

* 김반숙, 1962년 마산 월영초등학교 2학년 6반 담임.

민주 주의

아이돌 가수 꿈꾸며 골반 돌리기 춤
허리 삐끗 디스크
발바닥 찌르르 족저근막염
만신창이 몸으로 연습실 쫓겨나
노량진 학원 순경 시험 준비
다섯 번 떨어지고 여섯 번째 도전하는
레깅스 입은 내 여자친구
쭉쭉빵빵 김민주金珉珠만 보면
눈에 쌍심지 켜는
땅딸보 울 엄마 박 여사님,
인연 끊어래이!
마음 독하게 묵어라!
그 가시나, 전생前生에 야시*야!
일갈一喝하시고
한문漢文 꼰대답게
내 책상 앞에
포스트잇 글자 붙이셨네

珉株 注意!

---

* '여우'의 경상도 방언.

2등 방문

만주벌판 백마 탔던
독립투사 증조할배
요양병원 드러누워
걸핏하면 핏대 고성高聲
“2등 방문 나쁜 노옴!”

우리 부모 늑장 방문訪問
꾸짖는 줄 알았었지
다른 노인 자식처럼
1등 방문 일찍 오라
그런 질책 짐작했지

역사인물 세대世代 차이
2등 방문 아니더라
학교에서 못 들어 본
이등박문伊藤博文, 알고 보니
이또오 히로부미

기우제祈雨祭

하늘 향해
지극정성 기도
비 내려 주사이다!
기우제 올리면 틀림없이 비 온다네
비 올 때까지 기도하니까

오!
천심天心을 움직였도다!
나 위대한 제사장祭司長,
하늘과 직접 소통하는도다!
나를 따르라, 나는 신인神人이로다!
대명천지 21세기에도
사이비似而非 메시아 여기저기 수두룩
국사國師, 성인聖人 행세하네

내 '기도발' 덕분에
병 나았지? 합격했지? 돈 벌었지? 당선됐지?
하늘을 경배敬拜하라!

그 앞에 몰려 있는 양羊 떼,
멱 따이는데도 그저 머리 조아리네

책 산타

〈동아일보〉 박훈상 기자,
'책 산타'란 신조어 만들었네
좋은 책, 주변에 선물하는 분!
부산의 홍광식 변호사,
수십 년간 몇만 권 선사하셨네

경제수석, 경총 회장 지낸 박병원 사진가,
《궁궐의 우리 나무》 10년 넘게 보급하셨네

양서良書 나눠주기에 앞장선 책 산타
내 주위에도 여럿 계시네

강재현 권오용 김경록 김동섭 김세호 김택중 박대호
박윤근 박인구 박진해 백만기 서문수 서운석 송인회
윤동한 이계안 이광형 이언오 이은형 이종향 이주홍
조민규 조상호 주환곤 진념 홍은주 홍진수

님들이 뿌린 문향文香 덕분에
아차 하면 썩은 내 풀풀 풍길 이 세상
향긋, 방긋해지네

책꾼 *

술꾼, 밤샘 숙취
한두 잔 해장술로 푼다
춤꾼, 뭉친 다리
살살 춤추며 푼다
노래꾼, 쉰 목청
아아아아아… 발성 연습으로 푼다
나무꾼, 뻐근 어깨
하늘 향한 도끼질로 푼다
쓰리꾼, 무딘 손길
면도날 놀림으로 푼다
소금꾼, 굳은 허리
염전 휘젓는 긁개질로 푼다

책쾌의 후손인 책꾼, 충혈된 눈
또 책 읽으며 푼다
벚꽃놀이, 단풍 구경보다 서점 순례가 낫다
데이트도 도서관에서 책꾼끼리…
수불석권手不釋卷 간서치看書痴 오케이!

---

* 갑골학(甲骨學) 대가인 김경일 교수의 '책꾼은 책으로 피로를 푼다'란 글에서 착상.

굼벵이

굼벵이도 구르는 재주가 있다
이 말은 맞는데…
사람은 누구나 한두 가지 재능이 있다
잠재潛在한 재주, 찾으면 나온다
이 말은 진실일까?
듣기 좋으라고, 실망하지 말라고 지어낸 말…
대부분 사람들은 별다른 재능 없다
한 단어로 요약하면 '평범平凡'

음악, 미술, 운동, 수학 천재성
극소수만 타고난다네
천부天賦 재능꾼도 연마해야 더욱 빛나지
그들끼리 진검 승부 벌여 어렵사리 큰 별 탄생

천재 부부의 자녀도 천재이기 쉽지 않지
평균 수렴收斂의 법칙… 만물은 평균을 지향한다
정규분포 곡선을 보라, 가운데가 가장 풍성하지?
평범이 머조리티*majority*
중앙치*median*, 최빈치*mode*의 안정감!
범재凡才여, 천재를 부러워 마시오
그대는 친구들이 많소이다

신동神童

신동神童, 남보다 먼저 재주 나타낼 뿐
천재는 아니지
두 살배기가
IQ 100 네 살배기 맞먹으면
IQ 200이란 셈법인데
그래도 영재일까

서너 살에 한글 더듬더듬 읽는다고
뜻을 알까
미적분, 원리도 모르면서 푸는 방식만 안다고
수학 천재일까
영어, 불어, 독어, 중국어, 일본어
인사말 몇 마디 할 줄 안다고
5개 외국어 능통? 웃기지 않아요?

신동, 영재, 수재, 귀재, 천재 만들려고
아이들 괴롭히지 마세요!
범재, 둔재라도 세상살이 별 문제없어요!
장삼이사張三李四, 갑남을녀甲男乙女, 필부필부匹夫匹婦 …
어때요?
푸근하지 않나요?

Yes 맨

Yes 맨 필요 없다!
쓴소리 들어야 조직 발전!

'No! 발언 활성화 워크숍'
1박 2일 평창 연수원 밤샘 토론
목청 높여 제안했지
회식 폭탄주 No!
토·일 특근 No!
휴일 등산대회 No!

연말 인사 한직 발령
인사팀 입사 동기
내 신상카드 귀띔해 주네
'치유불능*incurable* 불평불만자'
이건 그래도 고상한 서류 기록

인사팀장, 목청 돋우었다지
"매사 배배 꼬인 넘…."

업무부

재벌회사 대졸 공채
첫 발령지 **업무부**라!
무슨 업무 하는지를
이름 보곤 모르겠네
선배에게 물어보니
대답 대신 눈만 찡긋
가방 들고 선배 따라
외근활동 나섰더니
검찰, 경찰 정부부처
가는 곳이 관청이라
대관對官업무 주업이네
공무원들 앞에서는
새우처럼 허리 굽혀
사농공상 불변법칙
권력 영갑永甲 기업 영을永乙
어린 시절 듣던 노래
억울하면 출세하라
자연스레 불러지네

을乙의 눈물

제약회사 영업사원
뼛속까지 을乙이로다
갑甲 고객께 술 따를 때
무릎 꿇기 버릇 됐네
갑 사모님 갑질에도
파안대소破顏大笑 응대하네
갑 글자만 눈에 띄면
오금 저려 갑갑하네
을지로 길 맘 편하고
단골식당 을밀대*라
을지문덕 살수대첩
수隨나라 군軍 물리쳤네
고국천왕 태평치세
1등 공신 을파소**라
을밋을밋 뒷짐 말고
을의 눈물 닦아 주소!

---

* 서울 염리동 소재, 평양냉면으로 유명한 식당.

** 고구려 고국천왕 때 진대법을 실시한 명재상.

이봉조

잘생긴 그 나발꾼,* 조명 찬란 무대에서
부부부우우웅, 색소폰 불면
아줌마 관객들은 무아지경
투박한 경상도 사투리 그가 작곡한
현미 노래 〈밤안개〉, 정훈희 노래 〈무인도〉
불멸의 대중가요!

그와 이름 같은
소년 이봉조**
별명은 '색소폰'
색소폰*saxophone*이 맞지
섹스폰*sex phone* 아니야, 발음 조심!
소년은 자라 남북통일 앞장섰네
색소폰 배워
통일한국 평양 무대에서
밤안개, 무인도 아마추어 연주 꿈꾸었지
그 꿈 못 이루고
눈감았네, 너무 일찍…

---

* 이봉조(1931~1987), 색소폰 연주가이자 작곡가.
** 이봉조(1954~2014), 전 통일부 차관.

할머니 소설가*

시인 사위 까막소에
딸내미는 옥바라지
외손주 놈 칭얼대고
원고 마감 코앞이네
자장자장 토닥토닥
등에 업은 떡두꺼비
외할미 맘 알았나 봐
우리 손자 잘도 잔다
원고지에 만년필 글
일필휘지 천의무봉
파란 잉크 마르기 전
눈물방울 얼룩지네
한 숨 두 숨 쌓은 글탑
대하소설 《토지》라네
서희 · 길상 굳은 기개
하동 · 용정 휘날리네

---

* 박경리(1926~2008), 대표작 《토지》, 《김약국의 딸들》.

유명 소설가

밀리언셀러 소설가의 부인
내조의 여왕일까?
남편 초고草稿, 꼼꼼히 읽고
날카롭게 지적할까?
"사모님이 최초 독자이시죠?"
"천만에요. 내 글 안 읽어요."
"설마?"
"내 이름 쓰인 글은
은행 통장 입금란만 본답니다."

덜 유명한 소설가

소설책 5권 출간
경력은 30년
경마競馬소설 1인자*
그래도 문단 밖에서는
그의 이름 잘 모르네
병고病苦에 시달리며
긴긴 겨울 내내
죽을힘으로 쓴 혈고血稿
개나리 움틀 때
유명 출판사에 들고 왔다
데뷔 이후
처음 계약금 받고
귀갓길 버스에서, 전철에서
내내 울어 눈이 퉁퉁 부었다
그해 단풍잎 바알갛게 물드는 늦가을
그는 조용히 숨을 멈추었다
마지막 펴낸 장편소설** 가슴에 품고

* 윤용호(1954~2012), 대표작 《말이 가면을 쓰는 이유》.
** 《마방 여자》.

군인 시인詩人*

까까머리 고교 시절
왕방울 눈 문학소년
등대지기 소망이라
다도해안 헤매었지
가을단풍 잎새 하나
만해卍海 시집 끼워 놓고
자나 깨나 펼쳐 들며
읊조리고 감상했지
느닷없는 육사 진학
직각 식사 변신했지
전방부대 소대장이
습작 수련 시인 등단
군인 시인 어색한지
주유천하 장진주將進酒라!
진도 서안 세방낙조
극락 삼아 잠들었지

* 이기윤(李基潤, 1954~2009), 시집 《자전거와 바퀴벌레》, 장편소설 《선달 그믐밤》.

졸업식 사진사

핸드폰 카메라 시대
요즘 졸업식에도 사진사 있긴 있네
새카만 구닥다리 니콘 카메라 목에 걸고
후줄근한 어깨가방 멘
일흔, 여든 어르신 사진사 일고여덟
손님 찾아 헤매지만 번번이 허탕
오히려 신문기자에게 사진 찍히네
내일 신문에 희귀 인간처럼 보도되겠지?

콧물 훌쩍이며 찔뚝 걸음
낡은 '촬영' 완장 찬 얼금뱅이 사진사 할배,
수석졸업생 기념 스피치 때
멧돼지처럼 단상으로 돌진
허락 없는데도 찰칵찰칵

"수석졸업 축하합니데이!"
스피치 후 가족들에게도 카메라 들이대네
"아르바무(앨범) 기맥히게 맹글어 디릴게예!"
보름 후 택배로 받은 두툼한 사진 앨범
적잖은 돈 송금했지
바가지 써도 기분 나쁘잖네

에밀 졸라*

치열한 삶 살다 간
문호文豪 그대에게
멋대로 '불효자'라 부른
얄개 시절의 무지몽매無知蒙昧
머리 숙여 용서 빕니다
촐랑이 친구 녀석이 낸 퀴즈,
"어머니 괴롭힌 고약한 불효자, 누구?"
"에미~ㄹ 졸라!"
거대한 권력에 맞선
그대의 시퍼런 칼날 같은 용기 없었다면
드레퓌스 사건 진실은 영영 묻혔을 겁니다
J'Accuse 나는 고발한다…!
〈로로르L'Aurore〉 신문에 실은 공개 고발장,
옷깃 여미며 다시 읽어봅니다
어느 날 갑자기 가스 중독사中毒死하시다니!
그대의 의문사 진상, 영영 묻히고 마는 것인지요?
그대 장례식장에 나타난 10만 노동자들의 함성
"제르미날!"
저도 조용히 따라 외쳐봅니다

* 프랑스 소설가(1840~1902), 대표작 《목로주점》, 《제르미날》.

펠로폰네소스 전쟁*

인간 병기兵器 수두룩한
산골 도시 스파르타
닳고 닳은 정치꾼들
득실대는 아테나이
그리스 땅 양대 강국
손 맞잡고 합심 단결
바다 건너 페르시아
동방세력 물렀거라!
거대 적국 물리쳤네

승리 도취 잠시일 뿐
크고 작은 폴리스들
이합집산離合集散 내전內戰 시작
물고 뜯고 싸우다가
마침내는 모두 멸망
희랍希臘문명 쇠퇴하고
로마문명 떠올랐네

---

* BC 431~404년 스파르타 대(對) 아테네(아테나이) 전쟁.

구두닦이 울 아버지

하필이면 울 아버지 학교 앞에서 구두 닦네
새우처럼 옹크린 몸 까만 손으로 구두 닦네
구두 가게 지나갈 때 난 아버지 모른 체하네
전교 1등 아들 자랑 혼자서만 중얼거리네
스승의 날 선생님 구두 공짜로 닦아 줘요
아들 이름 묻지 마세요 별명은 햄릿이에요
울 아버지 가족 비밀 너무 쉽게 폭로하시네
아버지는 리어왕 우리 엄만 엘리자베스

하필이면 울 아버지 회사 앞에서 구두 닦네
새우처럼 옹크린 몸 까만 손으로 구두 닦네
구두 가게 지나갈 때 난 아버지 모른 체하네
우수사원 아들 자랑 혼자서만 중얼거리네
회사 창립일 사장님 구두 공짜로 닦아 줘요
아들 이름 묻지 마세요 별명은 빌 게이츠예요
울 아버지 가족 비밀 너무 쉽게 폭로하시네
아버지는 록펠러 우리 엄만 클레오파트라

쿤타킨테 *

울 아버지 별명은 쿤타킨테 쿤타킨테
얼굴 몽땅 목덜미 새카맣기 때문이지요
연탄가루 안 들어간 이빨은 하얗답니다
비탈길 리어카 밀고 당겨 배달 가면
꼬마 동생도 나도 쿤타킨테 쿤타킨테
밀어라 당기세요 연탄 리어카
무거우냐? 가벼워요! 연탄 리어카

울 아버지 별명은 쿤타킨테 쿤타킨테
손등 발등 귓바퀴 새카맣기 때문이지요
연탄가루 안 들어간 마음은 하얗답니다
언덕 위 할머니 집 연탄 백 장 배달 가면
꼬마 동생도 나도 쿤타킨테 쿤타킨테
밀어라 당기세요 연탄 리어카
무거우냐? 가벼워요! 연탄 리어카

---

* 알렉스 헤일리의 장편소설 《뿌리》의 흑인 주인공.

흑백사진

집 서가에서
먼지투성이 일어판日語版 〈논어論語〉 빼내
활짝 펼치니
눈썹 새까만 미남 청년 얼굴 흑백사진
툭
방바닥에 떨어지네
내 20대 모습?

숙취에서 깨어나
거울 보며
면도하는데
머리칼 허연 60대 할배 얼굴
어른거리네
선친先親?
아니, 아니…

흑백사진은 아버지
거울 앞 할배는 나

버스 안내양

1982년 11월 5일 오전 8시쯤 서울 중구 필동1가 43 동하빌딩 앞길에서 서울역 쪽으로 달리던 남부운수 소속 서울5사 3439호 76번 시내버스(운전기사 김원근·35)의 승강구 아래 발판이 밑으로 내려앉으면서 안내양 권순모(權純牟·16·충북 청원군 낭성면 갈산리 35)양이 길바닥으로 떨어져 숨졌다. 권 양은 달리는 차 밑으로 몸이 빠져 내리며 꺼져 내린 발판에 옷자락이 걸려 10미터쯤 끌려가다 뒷바퀴에 깔렸다. 이날 사고는 출근길의 승객 50여 명을 태운 시내버스가 지하철 공사로 노면이 울퉁불퉁한 길 위를 달리던 중 승강대 발판이 밑으로 꺼지면서 일어났다.

사고 차량은 1979년 12월 7일 현대자동차가 제조 출고한 것으로 떨어져 나간 승강대는 가로 1미터, 세로 50센티미터, 두께 1.2밀리미터이다.

---

* 〈경향신문〉 1982년 11월 6일자 기사. 애송이 사건기자 시절에 이 사건을 취재하며, 기사를 작성하며, 신문에 실린 글을 읽으며, 남몰래 훌쩍였다.

2부 — 이름

우동집

온갖 사업 말아먹다
자살 직전 막판 시도
우동집 내 맛집 대박
이름 인연 팔자 폈네
우동집禹東集 씨 성공 신화!

소문 따라 이름대로
닭강정집 개업했네
달콤짤콤 고소한 맛
그런데도 손님 없네
계강정桂康正 씨 실패 실화

조배죽趙培竹 여사님

우리 동네 남성합창단
술잔 들 때 건배사
“조배죽!”
우렁차네

오랜만에 들려오는
외할머니 이름 석 자

웃으려고 만든 구호
내용 알면 무시무시
조직 **배**신, **죽**음 각오!

조趙 여사 외할매님
합창단원 올찬 함성喊聲 기운으로
니환궁泥丸宮*에 오르소서!

---

* 도교(道敎) 용어로, ‘옥황상제의 처소’라는 뜻.

한니발*

가리봉동 판잣집촌
대代를 이은 '한일이발'
쇠바리캉 쟁강쟁강
비누거품 면도 좋다!
장비 눈썹 이발사님
목소리도 우렁차네
단골손님 만화가님
새로 그린 장편 만화
주인공은 한니발 님
카르타고 장군일세!
표지 인물 살펴보니
이발사님 닮았구나
한일이발 간판 덕분
영웅호걸 변신했네
로마 장군 스키피오**
게 섰거라 한판 붙자!

---

* 카르타고 장군(BC 247~183), BC 218년에 알프스를 넘어 로마 공격.

** 로마 장군(BC 236~184), 포에니 전쟁의 자마 전투에서 카르타고군 격파.

마하트마 간디*

살갗과 뼈가
맞붙은
45킬로그램 구도자求道者,
100킬로그램 챔피언 타이슨을
이기다!

간디의 비非폭력,
핵주먹, 핵이빨보다
힘이 세기에

* 1869~1948, 인도의 민족해방 지도자.

화산花山 이씨

깡마르고 재바른
이李 사장님,
베트남 장학생 여럿 도우시네요!

자랑스런 조상 이용상李龍祥 왕자,
1226년 고려 때
베트남에서 오셨다구요?
천리만리 바닷길로
황해도 화산花山에…

화산 이씨 이 사장님
매년 3월 조상 제사
베트남 가신다구요?

기묘한 800년 인연
한·베 평화로 이어지소서!
호아 빈(평화)!

Kimchi 님께

비엔나 호텔 방명록
'잘 머물다 떠납니다'
감사 말씀, 성명, 주소 남기셨지요?
이스라엘 사시는군요
성씨姓氏가 Kimchi라뇨?
조상이 한국과 관련 있는지요?
호기심에서 편지 보냅니다

오호, 답신 보내셨네요!

한국 관계 모르겠고
김치 음식 들어 봤고
Kimchi 친척 여럿이고
대한민국 사랑해요

조지훈趙芝薰*

본명은 조동탁趙東卓
항렬 따라 지은 이름 싫었을까
돼지 같은 권신權臣 동탁董卓
연상되었을까
세인世人은 그의 필명
조지훈趙芝薰 시인詩人만
안다

얇은 사紗 하이얀 고깔은
고이 접어서 나빌레라**

하늘로 날을 듯이 길게 뽑은 부연附椽 끝
풍경風磬이 운다***

---

* 시인, 국학자(1920~1968), 대표작 〈승무〉, 《지조론》.
** 〈승무〉 첫 연.
*** 〈고풍의상〉 첫 연.

기형도*

〈한국일보〉 기자들은
선배, 후배 부를 때에
김 형, 이 형 맞먹는다
다른 신문 기자에도
습관대로 그리 한다
〈한국일보〉 박 기자가
〈중앙일보〉 기형도를
“**기 형**!”이라 불렀더니
“박 형! 왜요?” 되물었지
“어? **기 형**도 〈한국일보〉
기자처럼 말하시네?”
“**기형도**는 내 풀네임…”
스물아홉 요절 시인
숨결 담은 문학관이
광명시에 문 열었네
시인 친구 김태연은
기형도의 삶을 녹인
장편소설** 상재上梓했지

---

* 시인, 〈중앙일보〉 기자(1960~1989).
** 《기형도를 잃고 나는 쓰네》.

Trump

Taylor 씨의
조상祖上은
양복쟁이 Taylor

Baker 씨의
할할배는
빵장수 Baker

그럼,
Trump 씨의
선조先祖는
노름꾼 Trump?

나폴레옹

아무리 그래도 그렇지
나폴레옹, 에밀레종
헷갈리다니!
"코르시카에서 태어난
영웅 에밀레종
프랑스 황제 되다!"
웅변대회에서 그렇게 사자후獅子吼 토했으니…
윤 화백, 소년 시절 실언失言 사건!

성북동 떠난 이유도
그 동네 나폴레옹 제과점 때문
간판 볼 때마다 심장이 벌렁

오랜 세월 트라우마 시달리다
정면돌파 시도했지
200호 큼직한 캔버스에
에밀레종 댕댕 치는
한복 차림 나폴레옹 그렸지
동양·서양 시공時空 초월
명화 극찬받아 전시회 첫날 팔렸지
그림 대금 받으면 다시 성북동 이사 갈까?

반야般若

범어梵語 prajna… 반야般若,
미망迷妄 버리고
만물 본질 깨닫는 지혜!

슬기롭고 아름다운 무녀巫女
'반야'가 주인공인
10권짜리 대하소설《반야》

빛고을 광주光州에 칩거
10년 용맹정진 집필한
송은일 소설가의 공력에
합장合掌 삼배三拜!

마하반야 바라밀다!

무학無學대사

부모 학력 조사하던 시절
엄마 학교 물어보니 무학無學이란다
학교 문턱도 못 밟았다 하니…

중학교 들어가니 이런 엄마 부끄러웠다
외할배, 왜 막내딸 초등학교도 안 보냈나?

울 엄마 당당하게 대답하시더라
만주에 독립운동 떠나면서
아이들 왜놈 학교 보내지 말라, 외할매에게 엄명

부모님 부부싸움 단골 메뉴, 엄마 가방끈
Q. 대명천지에 소학교는 나왔어야지
　친정이 한때 천석꾼 부자? 허풍 아니오?
A. 무학無學대사도 몰라요?
　이성계 도와 조선 세운 왕사王師도 무학!
Q. 못 배워 그런 법명法名 붙은 게 아니오
A. 유식有識이 깨달음 방해해요

이소룡 vs 알리

왕갈비, 이소룡 광팬
곰탱이, 알리 숭배자

두 녀석, 멘토 흉내
쉬는 시간 시끄럽네

왕갈비, 아뵤! 아뵤! 헛발질 쌍절곤
곰탱이, 나비처럼 날아 벌처럼 쏜다며 헛주먹질

이소룡 vs 무하마드 알리
누가 이길까?

왕갈비 vs 곰탱이
방과 후 대리전

엉겨 붙어 싸우다
둘 다 쌍코피

이름 자랑

울 할배 지어주신 이름, 김진백金眞白
뜻 좋고 듣기 좋다고 노상 자랑!
그러나 회사 MT, 받침 빼고 이름 부르는 놀이
경악! 기지배…
나 말고도 울상 동료 수두룩!
이름 이상하다고 놀리지 마세요!

감장민 강만귀 강영원 강병원 강옥림 경운내 고상림 공국만
공도림 구길장 구덕길 국민홍 국분려 길다련 김문상 김언왕
김운제 김정귀 남인특 남홍국 노갑달 노강림 노달진 단신담
담국린 담리민 대강림 도달림 도문직 도백진 도통림 동양진
동자길 마공작 마국패 맹성원 목강진 목광찬 목내길 문거원
문길곤 문동회 문석원 문순립 문신록 문인자 문장빈 민나림
박강직 박국민 박복양 백공팔 복신길 부순자 사강진 사국련
사임당 상달림 상만귀 상신민 상일빈 상재길 설혜분 손남길
송곤길 송남묵 송남탁 송환제 신시행 신엄민 심래길 안강림
안남곤 안부진 안수랑 안옥진 안일곤 양박위 양빈행 엄두원
엄걸진 엄부방 엄찬필 염웅빈 염의동 온진만 우걸진 우승립
윤치행 임방국 임언도 장치길 정고림 전수진 제준동 조강빈
주국민 진검길 진경원 진달위 진지림 진학동 진황자 추월랑
함완일 허상빈 허운대

우병우

나윤나 박영박 선상선 우병우 윤시윤 이선이 정유정
앞뒤로 읽어도
돌고 돌아 같은 이름
운율 맞아 좋을시고!

이런 말을 회문回文이라는군
영어로는 palindrome
인터넷 찾아보니 재밌는 회문 많네

여보 안경 안 보여
다시 합창합시다
자꾸만 꿈만 꾸자
아들 딸이 다 컸다 이 딸들아

Nurses run.
Was it a car or a cat I saw?

칼 맑스

까불이 때 내 별명은 막국수
본명 '갈막수葛莫秀'와 '막국수' 비슷해서 …
커서 별명은 당연히 칼 맑스Karl Marx
이름 지은 울 아버지, 와세다 유학 시절 코뮤니스트

대학 신입생 때 단지 이름 탓에 사찰 대상 됐지
1972년 10월 유신헌법, 집안 어른 헌법학자 주도작
영구집권 음모 타도!
고함 한번 쳤다가
내 이름 비슷한 곳 '가막소' 행

신문기자 지망생이었으나 이름 때문에 포기
기자 되면 '갈 기자'
무역회사 들어가 해외 출장 여권 신청
영문 이름 표기, 아버지 뜻 따라 Karl Marx
여권은커녕 남산 끌려가 만신창이
수사관의 일갈一喝
"이눔의 집안, 대대로 빨갱이 아녀?"

대통령

시장 후보
죄다 맘에 들지 않네
어쩔 수 없어 누굴 뽑았더니
제 밥그릇 챙기고 자기 자랑 급급하네
그럴 바에야 아무나 뽑지!
오죽했으면 이름 인연 시장 선출했을까!

이서울… 서울시장
박부산… 부산시장
윤광주… 광주시장
김창원… 창원시장

이랬더니 다들 잘하시네!
대통령도 이렇게 뽑으면 좋겠네
발해 건국 대조영大祚榮
후손 가운데 대통령大統領 씨 계신지요?

남북통일

대도시 큰 학교 전학 오니
학생 많아 별별 이름 다 있네
국경일 비슷한 이름만 해도 수두룩

상일철… 삼일절
사일국… 사일구
오일윤… 오일육
현종일… 현충일
제헌철… 제헌절
강복철… 광복절
계천종… 개천절
한국남… 한글날

국통일, 이 친구야
자네 이름 정기 받아
남북통일 이뤄 보세!

어중이떠중이

대우그룹 김우중金宇中 회장처럼
당대 창업 재벌 되라고
내 이름 김어중金御中이라 지으신 울 아버지
재계 왕좌王座 앉을 큰 이름과는 달리
어릴 때부터 내 별명, 어중이떠중이
공부머리도 시원찮아 똥통학교 전전
주물공장 월급쟁이 밥벌이도 변변찮아
막걸리 술기운에 울 아버지 원망했지
대우신화 몰락하며 김 회장 유랑생활
그보다야 무지렁이 김어중 신세가 좋군!
궁둥이 튼실한 마누라에 축구 신동 아들까지!

그러나 무명無名의 행복도 오래가지 않더라
〈딴지일보〉 김어준 총수가 뜨면서부터…
내 별명도 '총수'가 되니
동창회, 조기축구회에서 회장 감투 씌우네
축의금, 부의금도 더 많이 나가고
주중엔 늘장 귀가, 주말에도 쉴 날 없어
마누라 바가지 긁는 소리 드높아 가네
이런 걸 유명세라 한다지?

김산기

체코 수도 프라하, 공산당 통치 시절
국립극장 현수막 굵은 글씨
오페라 주역에 Kim Sanki!
김산기? 생소한 이름… 북한 성악가?
궁금해서 극장에 물었더니
그분 호텔 전화번호 가르쳐 주네

혹시 북한에서 오셨나요?
아뇨. 서울 사람이에요.
왜 한국엔 이름이 알려지지 않았을까요?
한국에서는 음악 연고가 없습니다.
한국에서 음대 다니지 않으셨는지요?
학부에서 경제학 전공했답니다.
대학 졸업 이후에 성악 연마하셨는지요?
예. 부모님 반대 무릅쓰고….
천부적인 재능 있었나 봅니다.
글쎄요. 제 동생도 가수입니다.
동생분이 누구신지요?
아! 동물원 멤버 김창기예요.

안시성

추석 연휴, 영화 〈안시성〉 보니
부잣집 도련님 안시성 생각나네
동네 뒷산 전쟁놀이 할 때 그 친구,
양만춘 성주 흉내 내 장난감 화살 쏘았지
고아원 아이 부스럼쟁이 봉춘섭,
그 화살 맞고 크윽, 신음하며 당 태종처럼 애꾸 시늉
병원 원장 장남 안시성, 놀이 끝나면
흙투성이 봉춘섭에게 삼립 크림빵 사 주었지

서울로 전학 간 후 종 무소식
걔 아버지처럼 의사 되었을까
혹시나 하고 안시성의원 인터넷 검색
전화번호 있기에 연락했지
전화받는 여성에게 물었네
원장 선생님, 혹시 M시에서 초등학교 다녔는지요?
아닌데요, 어릴 때 미국에서 자랐답니다
아, 예…
실없는 짓 하고 말았네

실없는 줄 알면서도 또 봉춘섭 검색하니
꽤 유명한 중국요리 셰프… 그 친구가 맞을까?

사회학과

사회학과 나왔다고
회사 행사 **사회**司會
주구장창 맡는다네
인사부에 따졌거든

사회학社會學 뭘로 보슈?
인사팀장 화등잔 눈
뭣이든 잘 하기에!
회사 야구대회 **4회** 말
투런 홈런도 때렸잖아

팀장님, 소생이 아무리 만능이라도
날뱀고기, **사회**蛇膾 먹으라고는 마슈!

명선茗禪

성북동 언덕길 간송미술관
추사秋史 명필 '茗禪'
그 앞에서 온몸 떨었었지, 서예의 힘!
과천 은둔 병거사病居士, 봉호鋒毫에 진력하셨나
명선茗禪… 차 마시며 선禪, Zen!

이웃 이태준李泰俊* 삶터 수연산방 찻집
나도 대추차 시켜 놓고 명선 돌입!
글렀다! 선정禪定하기엔
초등 짝꿍 김명선 '괴물' 얼굴 아롱거려
납작코, 마마 자국, 사팔뜨기…
그래도 맑은 목소리 노래, 명창名唱이었지
언덕배기 고아원 살던 걔, 중학교나 갔을까

세월 흘러 추사 '茗禪',
위작僞作 논란 생기니
김명선 얼굴, 추하지 않게 어른거리네
진위眞僞, 미추美醜
못 가리는 내 눈은 언제나 착시錯視

---

* 월북 소설가(1904~미상), 단편집 《달밤》, 《해방 전후》.

양반

갑돌이 을순이 시대엔
'양반'이 존칭
하준이 서연이 시대인 요즘
반상班常 사라져
"이 양반이!"
하면 드잡이 벌어지네

프랑스에서는
'마담*Madam*'이 여성 극존칭
한국에서 '마담'은 물장사 여성

영어권에서
미스터*Mr*, 미스*Miss*는 경칭
한국에서는 미스터 박! 미스 김!
아랫사람 부를 때 호칭

한용운韓龍雲 시인詩人 *

이름이 한용운韓龍雲이라
학생 때부터 내 별명은 만해卍海!
이름 운발 믿고 시인 꿈 부풀었지

아무리 용써도 시인 등용문 너무 높아
신춘문예 단골 낙선
문예지 투고 노상 퇴짜

문운文運 없어도 관운官運 있어
고시 합격, 쾌속 승진
"대미對美 FTA 협상 시작했느냐?"
기자 질문에 고개 끄덕였지

이튿날 신문 제목
'대미 협상 개시… 한용운 시인'
시인是認 아니라
시인詩人이라면!

---

* 승려 시인(1879~1944), 시집 《님의 침묵》.

배터리

입사 4년차 박 대리
기안, 조사 연구, 영문 서류 작성…
식당·노래방 예약까지!
안 하는 일 없네
3월 주주총회 준비하다
코피 흘리며 쓰러졌네
밧데리(배터리) 아웃이라고!

동기보다 승진 빠른 배 대리
영업, 골프장 부킹, 바이어 접대…
손님 공항 영접까지!
못하는 일 없네
크리스마스 앞두고
운전하다 깜박 졸아 앞차 박았네
역시 밧데리 '앵꼬'라고!

박 대리, 배 대리
이름이 배터리 비슷해서
이런 곤욕 치르는 건 아니지
김 대리, 이 대리도
신세는 마찬가지

마라난타摩羅難陀

코흘리개 초등 때 배운
불교 전래 역사
백제 15대 침류왕 원년(384년)
머나먼 인도 태생胎生
중국 동진東晋 거쳐 한반도에 온
마라난타摩羅難陀 스님으로부터…

달달 외운 지식
기억 심연深淵 잠겼다가
월드컵 축구 보며 갑자기 되살아났네
마라도나!
마라난타!
이름 비슷하다는 이유만으로…
혹시 마라난타 스님,
미타찰彌陀刹 머물다
세월 흘러
먼 길 가고 싶어
지구 반대편 아르헨티나
축구 신동 환생還生했을까?
아님 제주도 남쪽 마라도 중국집 주방장 되었을까?

몸&머리

여드름 청춘 시절 영어 배울 때
자주 듣던 소설가 몸Maugham*!
스펠링대로라면 '모감'인데
왜 '몸'으로 읽을까?

혹시 '머리'라는 성씨도 있을까?
공부보다 공상 작렬…

평창 올림픽에 홀연히 나타난
머리Murray 감독!
머리도 좋겠지?

몸의 대표작 〈달과 6펜스〉, 다시 읽어야지
머리 감독의 아이스하키 경기, 즐겨 봐야지

---

* 영국의 소설가(1874~1965), 대표작 《인간의 굴레》.

준호야!

초겨울 황혼 무렵
청계천 산책길
늙수그레 할배가 울먹이며 외친다
“준호야!”
고개 두리번거리며 찔뚝 걸음으로 헤맨다
“송준호! 어데 있노?”

“어르신, 혹시 손주 찾으십니까?”
“예! 빼얼건 쉐타 입은, 얼굴 허연 놈입니더.”

나도 눈 부릅뜨고
청계천 물줄기 아래위 훑어본다

10분쯤 후 나타난 말티즈 강아지 한 마리
할배는 콧물 훌쩍이며 품는다
“아이구! 내 새끼, 어데 갔다 인자* 왔노?

---

* ‘이제’의 경상도 방언.

하지

하지夏至날, 청소년 수련회
특강 강사로 초청받았지

하지Hodge 장군 아세요?
미군정 책임자 존 하지 중장…

손드는 학생 아무도 없네
오늘이 하지여서
하지 이야기 꺼내 봤어요
해방 이후 3년간 한국을 통치한 사령관…

맨 앞줄에 앉은 노랑머리 남학생,
손 번쩍 들어 한마디
너무 썰렁해요!

강적 수강생에게 내 딴엔 재치 있게 응수
더운 여름이어서 여러분 시원하게 하려고
썰렁한 얘기 일부러 꺼냈어요

허허, 그 녀석 지지 않고 대꾸하네
더 썰렁해요!

김지영

내가 아는 김지영 네 분
성별, 세대世代 달라도 하나같이 영명英明하시네

김지영 1… 영주 무섬마을 고택 해우당海愚堂지기
글 잘 쓰고 클라리넷도 부는 언론인 출신의 인문주의자

김지영 2… 연예계에 발이 넓은, 인터뷰 잘 하는 기자
여기자에겐 언니, 청년기자에겐 누나, 인본주의자

김지영 3… 문학에 해박한 국문학 석사 기자
김욱한 전前 기자의 대代 이어 〈동아일보〉 근무

김지영 4… 밀리언셀러 《82년생 김지영》의 주인공
홍보대행사 퇴사, 아이 키우며 프리랜서 기자 지망

네 분 모두 전·현·미래 기자이시네
문운文運 기원합니다!

이창훈

핸드폰에 저장된 네 분 존함 이창훈
따르르 전화벨 울리면 누구신지 헷갈리네

이창훈 1… 신언서판身言書判 돋보이는 대기업 CEO
조지훈 시인의 조카, 환경문제에 관심

이창훈 2… 소년 때 농구 선수, 제약업계 회장
조건 없이 남몰래 이웃 돕는 산타클로스

이창훈 3… 기자, CEO, 소설가 팔방미인
청소년문제 해결책 제시한 장편소설 《라이언》 저자

이창훈 4… 예향藝香 풍기는 대기업 간부
매주 책 10여 권 사는 탐서가探書家, 다독가多讀家

1958년 도쿄 아시안게임 마라톤 우승자 이창훈처럼
네 분 모두 인생 마라톤에서 우승하시기를!

3부 — 입맛

공갈빵

무하마드 알리 주먹만큼 큼직한 공갈빵
빵 안 넓은 공간은
돈뭉치, 금배지, 미스코리아, 무병장수…
온갖 욕망이 유영遊泳하는 우주

바스락
빵 껍질 뜯어 먹는 순간
욕망의 우주, 대폭발!

달콤
빵 껍질 먹고 나면
빅뱅, 허망하게 끝나네
신기루처럼 사라지네

공갈恐喝빵은
우리를 윽박지르지 않고 거짓말도 하지 않네
우리가 욕망 똬리 감춘 채
빵에다 무시무시한 이름을 붙이곤
누명을 씌울 뿐
공갈빵은 무죄無罪다!

앙꼬

'다꾸앙'은 '단무지'로 고쳐 부른다
'오뎅'과 '가마보꼬'도 '어묵'으로 부르겠다
그러나 '앙꼬' 대신
'팥소'니 '앙금'이라고는 못 부르겠다
그러고는 달콤한 맛이 안 난다

일본말 싫지만
'앙꼬'만은 사랑한다
'앙꼬' 꽉 찬 막 쪄 낸 찐빵
그 찐빵 손에 들고
호호 입김 불며 먹을 때
사랑과 평화를 느끼지 않을 이
뉘 있으랴?

겨울 전쟁터, 수송기로
아군 적군 머리 위에
따끈한 찐빵 뿌리면
살육전 끝나리
도나 노비스 빠쳄!*

---

* Dona nobis pacem, '평화를 주소서'라는 뜻의 라틴어.

태극당

남해안 갯가 촌뜨기
서울 와서 가고 싶은 곳 장충체육관

홍수환 '권투' KO 장면 구경하고 나와
눈에 띈 빵집 태극당, 간판 글씨가 한자漢字
'菓子 中의 菓子 太極堂'

빵 맛의 무릉도원인가?
단팥빵, 모나카, 월병, 로루케익(롤케익) …
목장우유 두 잔 마시며 골고루 허기 속에 잠수시켰지

1946년 창업했다니 우리 큰누나 동갑이네
'카운타' 나무판 한자 글씨도 수십 년 됐겠지?
'納稅로 國力을 키우자, 計算을 正確히 합시다'

세월 흘러 요즘도
그 간판, 카운터 나무판, 빵 맛 여전하네
우유 한 잔, '야채 사라다' 하나만 먹어도
배불러진 내가 노쇠해졌을 뿐

동지 팥죽

우리 동네 또순식당
차림메뉴 서른 가지
동지 저녁 특별 음식
특제 팥죽 주문했지
둥그럼한 옹기그릇
냄새 구수 김이 무럭
탁자 위의 소금 설탕
입맛대로 타 드세요
친할머니 새알 팥죽
외할머니 달콤 팥죽
고루고루 먹고 싶네
소금 타서 짭조름 맛
설탕 넣고 통단팥죽
친할머니 천당 산책
외할머니 극락왕생
두 손 모아 비나이다

토영 메르치

통영 사람은 통영을
'통영'이라 안 부른다
'토영'이라 해야 진짜 '토영 사램'이다

1994년 7월 여름 동베를린 근교
작곡가 윤이상* 선생 자택
한국 특파원들이 모여 들었다
통영 출신 원로元老 특파원,
꼬릿꼬릿 냄새 풍기는 누런 종이포대 펼치자
훤히 드러나는 황금빛 마른 멸치!
"이기(이것이) 토영 메르치라꼬?"
윤 선생, 멸치 매만지며
통영 앞바다 갯내 맡고
짭조름한 멸치, 입에 넣어 우물거리며
눈물 질금질금 흘렸다

그의 귀엔 옥중 작곡 〈나비의 꿈〉
선율이 가녀리게 흘렀다

---

* 독일에서 오래 활동한 세계적인 작곡가(1917~1995), 오페라 〈심청〉, 관현악곡 〈광주여 영원히〉.

머슬

근육은 영어로
머슬*muscle*
홍합도
머슬*mussel*
동음이의어同音異議語… homonym
이들은 서로 인연 있겠지?

빨건 홍합 먹으며, 뽀얀 홍합 국물 마시며
아령 흔들고
역기 올리고!

울룩불룩 이두근
떡 벌어져 대흉근

숯불 장어구이

내 사랑 유리아는 장어구이 대식가
민물장어 바닷장어 10인분을 다 먹지요
알바 월급 한 달 치 다 먹고도 모자라요
천 일 이벤트 장소도 장어구이 레스토랑
숯불 화로 나르는 아버지를 만났네
아가씨! 숯불 들어가요 조심하세요
오늘 아침 울 아버지 양복 차림 출근했지
우리 영감 제일이다 울 어머니 자랑했지

내 사랑 유리아는 장어구이 미식가
미슐랭 별 세 개 명품 맛집 찾아가죠
알바 월급 한 달 치 다 쓰고도 괜찮아요
프러포즈 장소도 장어구이 레스토랑
그 무더운 여름날 아버지를 만났네
아가씨! 화로 들어가요 조심하세요
오늘 아침 울 아버지 양복 차림 출근했지
우리 영감 제일이다 울 어머니 자랑했지

별 빵 별 떡

안동 조탑리 산기슭 움막
혼자 사는 교회 종지기 권정생* 아재
동화 써서 이름난 작가 되셨지

서울 도곡동에서 온 작가 지망생 아가씨,
아재 낙서장에서 깨알 글씨 발견
'별 빵 별 떡 있을까?'
6성 호텔 베이커리에 특별 주문
큼직한 별 모양 생일 케이크 갖고 갔지

아재, 받아 들고 잇몸 드러내며 씩 웃으시네
"벨 빵은 벨 모양 빵이 아인데…
고급 케이쿠, 궁중 떡이라캐도
밀가리, 쌀가리, 설탕, 꿀 버무려 찐 것일 뿐
벨다른 빵, 벨다른 떡 있겠니껴?"

---

* 1937~2007, 대표작 《강아지 똥》, 《몽실 언니》.

김밥 옆구리

초 1 첫 봄소풍
선생님 도시락도 싸 가던 시절
밤을 밝혀 울 엄마가 싼 김밥
옆구리 터져 모양 엉망

시금치, 달걀, 소시지, 당근…
과잉 정성, 속 재료 과다 투입…
대형 참사慘事!
여선생님* 앞에서 부끄러웠지

"맛만 좋으면 됐지!"
엄마의 무감각 발언, 야속했지

쇠고집 엄마의 김밥말이
아무리 하소연해도
다음다음 소풍에도
고쳐지지 않았지

---

* 이영숙, 1961년 통영시 충렬초등학교 1학년 1반 담임.

마카롱

다알콤한 맛
사르르 녹는 식감
부드러운 파스텔 톤 핑크색
분명 천상天上의 과자렷다!

스테인드글라스 통해 쏟아지는
황혼 금빛 햇살 속에
처음 맛본 마카롱의 황홀함…

평平신부보다 엄청 높아
영롱한 루비 반지까지 낀 주교님,*
손수 마카롱 건네주시며
열두 살 소년에게 물어보시네

바오로야,
소小신학교 가지 않으련?

* 김수환(1922~2009) 추기경.

마들렌

벨기에 출신 코쟁이 신부님
스포츠머리에 기골장대
반칙왕 프로 레슬러 닮았었지
그래도 마음씨는 비단결

복사服事 마치고 사제실 갔더니
"이것 먹어 봐!"
조가비 모양 과자 주시네
향긋, 달콤, 폭신, 촉촉…
천사들이 먹는 빵이겠지?

세월 흘러
프루스트 작作 〈잃어버린 시간을 찾아서〉에서
주인공이 마들렌, 홍차에 적셔 먹는 순간
과거에 빠져드는 장면 읽었지
나는 벨기에 신부님 떠올리며 옛날로 돌아갔지

쐬주

소주 대신 쐬주라 해야 제맛
양명문 시, 변훈 곡
〈명태〉 부른 오현명 절창絶唱 때문이리라

최종두 시, 우덕상 곡
〈그대 눈 속의 바다〉
'고래고기 두어 쟁반 소주 몇 잔…'
노래 맛이 나지 않았다
작시자에겐 실례지만

"고래고기 두어 쟁반 쐬주 몇 잔…"

이렇게 불렀더니
장생포 앞바다 귀신고래가
펄떡펄떡 춤을 추었다

까까

프랑스에 가시거든
금발 벽안碧眼 아이에게
과자 주며
"까까 먹을래?"
하지 마세요
그곳에선
까까*caca*가
'똥'이랍니다

프랑스 참치

파리 샹젤리제 레스토랑
알랭 들롱* 닮은
미남 웨이터,
'똥' 요리 추천해도
놀림 당한다 화내지 마세요

불어로는
똥*thon*이
'참치'랍니다

'쥐' 먹는다고 놀라지 마세요
쥐*jus*는 '주스'니까요

* Alain Delon(1935~), 프랑스 배우.

브라질 너트

브라질 땅만큼
큼지막한 브라질 땅콩 알
지구 반대편 한반도까지
멀리 여행 왔네

하루 두 알이면 심장에 좋다고?
브라질 아마존 원시림
지구의 허파라 하지 않았는가?

브라질 덕분에 심장, 허파 튼튼하겠네
땡큐 브라질!
아니,
오브리가두*obrigado* 브라질!

자판기 커피

남대문 경찰서 형사계 보호실에
쪼그리고 앉은 가냘픈 어깨의
가무잡잡한 필리핀 여인
마약 밀매 용의자?

취재 나온 기자에게 부탁하네
벤딩 머신 코피 플리즈!

종이컵 따스한 커피 받아 들자
불로장생 음료 엘릭서 마시듯
눈 감고 음미하네

이튿날 아침
그녀가 유치장에서 목매 숨졌다 하네

그녀의 고혼孤魂,
유치장 쇠창살 빠져나와
먼 머언 고향 민다나오섬까지 날아갔을까

4부 — 언어

스프링클러

'화재 시 스프링쿨러 작동하시오!'
그러면
불 못 끕니다

스프링 쿨러?
spring cooler?
그런 물건은 없어요
그 말은 콩글리시…

물뿌리개는
스프링클러*sprinkler*랍니다

너도나도 불조심!
꺼진 불도 다시 보자!

동작動作

연세대 어학당에서
한국어 6개월 배운
털북숭이 아일랜드 청년 제임스 조이스
자판기 커피 뽑으려다
멈칫

동전 넣으면
'동작'?
자판기가 로봇처럼 움직이나?

혹시나 하여 동전 넣고
조심스레 버튼 누르니
위잉…
커피만 나오네

스티커 꺼내 쓴 글씨
'동작' 위에 붙이네
'작동!'

수석 합격

설날 귀성, 구절양장九折羊腸 산길 운전
두메산골 고향 마을 어귀
빨강 파랑 플래카드 넘치네
박종복 이장 아드님 박철홍 군
K대학 수석 합격!

기저귀쟁이 때부터 총명하긴 했지만
명문대학 수석까지 할 줄이야

'축! 수석 합격!'
축하금 봉투에 굵은 사인펜으로 썼지

박철홍 군, 돈 봉투 받으며
여드름 얼굴 붉히네
플래카드 다시 보니

'K대학 수시 합격!'

서서 갔다

동경제대 나오신
인텔리 울 할배,
여기저기 전화 걸어
효도여행 자랑질
"서서 갔다! 서서!"

찔뚝 쩔뚝 구순 노인
앉아서도 못 가셨나
가슴 아파 여쭤 보니

서서瑞西는 나라 이름
요즘 말로 스위스Swiss

오림픽

올림픽… 오림픽
탤런트… 타렌트
글로벌… 그로발
퍼터, 배트… 빠따
샐러드… 사라다
아르헨티나… 알젠친
그랜드 볼륨… 그랜드 볼륨
오늘, 내일… 금일今日, 명일明日
후자後者처럼 말하면 꼰대

맥아더… 마카사
뉴욕… 뉴녹
대처 총리… 싸차 수상首相
오스트리아… 오지리
오른쪽 발음자는 진짜 꼰대

먹는 피임약… 경구 피임약
경구經口, '입을 통해서'라는 뜻
신개발 의약품 상품설명서, 여전히 '경구' 난무
제약회사, 약품은 첨단이지만 머리는 원조 꼰대?

마방진魔方陣

가로로 읽어도
세로로 살펴도
똑같은 낱말들
마방진 만들기

마방진 노래방
방어선 래미안
진선미 방안지

건배사 가오리
배달원 오리발
사원증 리발관

4자 성어 모양 닮기
만들기는 어렵네요

개마고원 조삼모사
마산부산 삼성전자
고부조폭 모전자전
원산폭격 사자전략

견공犬公

견공犬公은
인간이 되기 어렵지만
사람은 견犬, 구狗, 갈猲이 되기도 한다
특히 술독에 빠지면 쉽게 그리 된다
이런 해괴한 개 종류는 동물보호 운동가들도 외면한다
사람 모습의 유기견遺棄犬은 유흥가에서 자주 보인다
주사酒邪의 동의어는 광견狂犬이다

사람의 아들

사람에게 견자犬子라 하면
욕설

개에게
"사람 아들!"
부르면 모독일까, 칭찬일까?

반려견은
자신이 사람인 줄
안다

유기견은
주인이 자기를 버린 줄 모르고
자기 실수로 주인을 잃었다 믿고
죄책감으로 몸부림친다
주인 찾아 삼만 리…

부자富者

진정한 부자는
싸구려 플라스틱 시계 차고도
당당하다

재벌 정주영 회장,
뒤축 닳고 색 바랜
헐렁한 구두 신고도
벌쭉
웃었다

발음

폭발… 폭**팔**
쿠데타… 쿠**테**타
포르투갈… 포르투**칼**
칼럼니스트… 칼럼**리**스트

"Fuck You!"
뉴욕에서 욕설해도 못 알아듣더란다
한국식 발음
'펑 유'였으니…
한국어 자음접변子音接變의 마술!

P & F

P와 F
바꿔 발음하는 어느 선배,
유럽 다녀온 나에게
"뻐랑스Prance 화리Faris에서
구경 많이 했나?"
물어 그땐 웃고 지나갔지만
아이스하키 중계 함께 시청할 때는
듣기 민망하더라
점잖은 그분의 퍽*puck* 발음
욕설처럼 들렸으니

마술사

마누라… 약사
아들… 의사
며느리… 박사
바깥사돈… 공인중개사
안사돈… 물리치료사

백수 할배 최 선생,
'지공거사'도
'사' 자라고 우기지만 통하지 않네
'쯩'이 없잖아요

최 선생, 궁리하다 '사' 자 도전!
동네 문화센터 마술 배워
수료'쯩' 받고
마술사!

어느 유희遊戱?

유희遊戱… 놀이
노는 사람 Homo Ludens, 좋소!
일하는 사람 Homo Faber, 힘드네!

춤, 노래, 공차기, 그림…
어느 유희가
으뜸일까?

나에겐
시詩 짓고 읊기,
언어 유희!

갈롱쟁이

겡상도 산골
팔순 울 할매
불어도 잘 하신다

비누는
사분*savon*, 사봉

바람둥이는
갈롱쟁이*galanterie*, 갈랑트리

일사불란一絲不亂

유명 교수 칼럼니스트
신문사 논설위원
이런 직업 문사文士조차도
'일사분란'이라
자주 잘못 쓰시네요

일사불란一絲不亂이 맞습니다
한 오라기 실도 흐트러지지 않는다…

이참에 함께 공부하시지요
돌올突兀한 국어학자 방종현* 선생 아호가
일사一簑… 도롱이 하나

핀란드Finland 옛 한자 표기가
분란芬蘭

---

* 1905~1952, 주요 저서 《훈민정음 통사》.

남 선생님

초등학교 선생님들
대부분이 여성 교사
우리 동네 초등학교
남선생님 여럿 소문

울 딸내미 입학식 날
부푼 기대 품고서리
담임교사 만났더니
남男선생님 아니구나

실망 절망 딸애 울상
성씨 남南씨 여女선생님
앞 반 뒤 반 남南 선생님
그분들도 여女선생님

대代물림

보청기 끼지 않고 외출하신 울 할배 옛 일화逸話
“차라리 죽는 게 나아요!” 버스 여차장 말에 버럭!
“청량리 중랑교 가요!” 이 말, 잘못 들으셨겠지

울 아버지 대학생 때 국민윤리 주관식 문제
‘6 · 25가 현대윤리에 미친 영향’ 일필휘지에도 F학점
‘유교가 현대윤리에 미친 영향’을 잘못 들었으니…

교통사고 입원한 나, 아련히 들리는 의사 목소리
“점심 드셨습니까?”
“예! 짜장면 곱빼기….”
내 대답에 병문안 온 친구들 키득키득
“정신 드셨습니까?”

초 1 개구쟁이 울 아들
“식은 죽! 선생님이 몸에 좋다고 먹으래!”
울 마누라, 하도 이상해서 선생님께 확인
“시금치 먹으라 했지요.”

야 세탁소

영어 까막눈
울 할매
툭하면 내게 심부름
"야 세탁소 얼른 갔다 오거래이!"

중학생 되어 알았네
울 할매 눈엔
'OK'가
'야'로
보였다는 사실을

바싹 밀어!

야구 축구 광팬 울 할배
이젠 컬링, 스노보드까지
중계방송 바라기

이발소 의자 앉아
리모컨 손에 들고
뭘 볼까 고민
"박삭미리撲朔迷離* …"
중얼거리다
배코 치셨네

보청기 고장난 노老이발사 귀에 들린 말
"바싹 밀어!"

---

* 상황 복잡.

언어운사

"우리는 앵무새가 아니랍니다!"
아나운서님들,
이렇게 자책하지 마세요

정확한 발음
리드미컬한 성조
그대들은 언어 전달 전문가들이지요

'사' 자를 붙여 드립니다
언어운사言語運士!

모순矛盾

'완벽完璧한 사전辭典!'
완벽完璧하지 않은 신문광고 카피

'담배, 몸에 해롭습니다!'
금연 캠페인 어깨띠 두른 흡연남

"정직이 최선책!
Honesty is the best policy!"
외치며 남 뒤통수치는 사기꾼

"수업, 흥미진진하게 진행해야…"
강조하면서도 지루하게 강의하는
'수업진행법' 담당 교육학과 교수님…

이런 모순矛盾
수두룩한 게
세상입니다

은마 아파트

엄마, 아빠
말문 일찍 트는 젖먹이
자라서도 수재 될까?

사교육 메카 대치동
은마(엄마) 아파(아빠)트 살면
엄마, 아빠
금세 옹알댄다는
소문

누가 지어낸 황당한 허풍일까?
아니, 혹시 사실일까?

바다

소말리아 무장 해적
Badda에서 활개 치네
한국 해운 선원들도
바다에서 활약하네
해적들이 납치하면
마도로스 목숨 경각頃刻
몸값 협상 줄다리기
몇날 며칠 팽팽하지
이들끼리 통하는 말
Badda · 바다 유일하네

안전 진단

신축한 지 30여 년
보금자리 내 아파트
겉보기에 멀쩡한데
안전 진단 웬 말인가?
'안전 진단 통과 축하!'
플래카드 펄럭이네
위험하단 판정인데
수명 짧은 아파트에
땅을 치고 통탄커녕
주민들은 환호작약
확 허물고 짓겠다나
하늘 높이 마천루摩天樓를!

만물은 서로 돕는다

여우, 간교한가?
늑대, 포악한가?
곰, 미련한가?
소, 우직한가?
개, 충직한가?
고양이, 영물靈物인가?
호랑이, 용맹한가?

본성대로 살아가는 동물
인간이 멋대로 선악善惡 구분하네

사슴 먹는 사자, 개구리 삼키는 뱀
인간 눈에 폭력, 악惡으로 비쳐 억울하겠네

허약한 동물은 제 몸을 포식자의 먹이로 바칠 뿐
만물은 서로 돕는다네

생선들도 축구 한다

축구 신동 열 살 조카
대구大邱 외가 다녀온 후
유언비어 퍼뜨리네
생선들도 축구 한다!
대회 간판 봤단 말야
대구, 조기 축구대회!
물적 증거 여기 있다
휴대전화 촬영 사진
여느 도시 흔히 있는
운동모임 간판인데
대구여서 그럴듯해
대구 조기 축구회라!

밥 통

초등 시절 배운 지식
인체 용어 달라졌네
이자, 지라 어디 가고
췌장, 비장 자리 잡네
염통, 허파 가물가물
심장, 폐 또렷하네
밥통, 오줌보 상스럽나?
위, 방광 점잖은가?
흰피톨은 사라졌고
백혈구는 살아 있지

마적

옛 동독 땅 드레스덴 출신
뮐러 박사, 승용차에 태우고
경주 여행 나섰네

KBS 클래식 FM 틀자
귀에 익은 멜로디
고 1 음악 감상 시험 출제곡 〈마적〉
잘난 체하느라
"Buschklepper!"
중얼거렸지
뮐러 역시 중얼거리네
"Die Zauberflöte!"

추풍령 휴게소, 인터넷 검색
마적馬賊이 아니라
마적魔笛이 맞네!
마술 피리, 요술 피리!

철학哲學 아이

꼴찌 하면
자기 아빠에게
직사하게 얻어터진다는 짝꿍

그 얼간이 친구 불쌍해
내가 백지 답안지 내
일부러 꼴찌 했네

그 얘기 들은 무골호인 울 아빠
"철학哲學 아이로군!"
홍소哄笑하셨지

내 귀에 들린 말
"착한 아이로군!"

탁견卓見

울 아버지, 산비탈 전원주택 바가지 값 사고도
탁견卓見이라 우기신다
내 모든 결정, 언제나 탁견이야!
허허, 틀린 말은 아닌데 이런 걸 억지라 하지
아버지 이름이 탁정식卓鼎植이니…

울 아버지, 엄마 견해는 무조건 편견이라 쏘아붙이네
엄마 이름은 편혜영片蕙英…
엄마의 되풀이 반격
편견偏見과 편견片見은 한자가 달라요

새로 시집온 울 형수님, 늘 고견高見 내시네
아버님 말씀 맞아요, 어머님 뜻도 옳으세요!
부모님, 며느리 폭풍 맞장구에 싱글벙글
이름 덕분인가? 형수님은 고수경高修敬

내 여자친구 둘 다 희성稀姓인 단段씨, 명明씨
난 단을 더 좋아하지만 명을 골라야 할까나
단견短見, 단견段見 입씨름 지겨우니 명견明見으로

5부 — 기억

신부 다섯 결혼식

신랑은 하나
신부는 다섯
일부다처一夫多妻 아닙니다

서초동 성당 혼배 미사*
신랑 · 신부新婦
애틋이 아끼는
신부神父님
네 분이나
오셨답니다

오래
행복하소서!
베네딕투스Benedictus!

---

* 2016년 5월 28일 오후 4시 신랑 문경준, 신부 김나연.

마술 볼펜

아무렇게나
휘갈겨 써도
김수영
윤동주
랭보, 두보杜甫
같은 시詩
줄줄 남기는
마술 볼펜이
어디
있을까?

과거를 묻지 마세요

강남경찰서 출입 청년 기자
참고인 조사받는 중년 여성 흘끔 보니
오뚝 선 콧날, 큼직한 눈
낯이 익었지
불세출의 가수 나애심![*]
히트곡 〈과거를 묻지 마세요〉
기자 모친의 애창곡…

속 썩이는 조카 때문에 불려 나오셨단다
나 여사 위로하려 자판기 커피 뽑아 건네니
경찰서 바깥 나가 마시잔다
한강 보이는 벤치
둘 앉아서 인생과 음악 이야기
이야기는 노래로 이어지다

장벽은 무너지고
강물은 풀려…

---

* 본명 전봉선(1930~2017), 영화 〈백치 아다다〉 주연 배우.

저 낮은 곳을 향하여

나, 3류 스프린터
꼴찌라도 달린다
꼴찌 하려 달린다

나, 아니면
뉘
가시 면류관 쓰랴?
꼴찌가 있어야 1등도 있잖은가?

조연 배우, 천세 만세!
엑스트라, 아리아리!
병풍 인간, 요롤레이!

마산馬山

말 마馬, 뫼 산山이라 하니
말들 노닐던 언덕이렷다!
1274년 일본 원정 원元나라 기마騎馬군
먼 대륙 가로질러 남해안 갯마을에 모였네
2만 마리 말들, 힝힝 콧김 뿜으며 득실거렸지!

지금은 말 한 마리 없는 곳
아니 '마산' 지명조차 사라졌네
이곳 태생 소설가 정미경*
'마산' 이름 돌려달라 절규했지

고구려, 백제, 신라 삼국통일
신라 이름만 남았지
마산, 창원, 진해 3시市 통합
창원 이름만 살아남았네

어느 수능 수험생, 마산 창원 헷갈려
마산 중앙고 대신 창원 중앙고 찾아갔네

---

* 1960~2017, 대표작 《밤이여 나뉘어라》(이상문학상 수상작), 《장밋빛 인생》.

과장誇張

기원전 624년
인도 룸비니 동산
막 태어난 아기,
벌떡 일어서서
일곱 걸음 걸으며 외쳤다지요
"천상천하天上天下 유아독존唯我獨尊!"
부처님 탄생 설화!

그렇게 과장誇張하지 않아도
고타마 싯다르타 왕자의
심오한 고뇌와 치열한 구도求道
모르지 않습니다
이걸 팩트라고 우기면 웃길 뿐입니다

붓다여!
탐貪, 진瞋, 치痴,
내 눈 멀게 하는 삼독三毒 사라지도록
보리수菩提樹 아래로 이끌어 주소서

연기緣起

그 스님의 설법…
깨달음?
어렵지 않아요
불교의 근본 원리
연기緣起만 알면 돼요
인연이 일으키는 만물의 상호작용…

스님!
우사인 볼트의 폭풍 질주
그 달리는 원리야
저도 알지만 그리 못 뜁니다

연기, 간단하다지만
깨닫기가 쉬울까요?

숨 못 쉬면 죽는데이!
그 이치 알면서도
죽음 다가오면
헐떡이며 용을 써도
숨 멎습니다

고승高僧 노승老僧

고승高僧은 대개 노승老僧
노승이라 해서 고승은 아니지

젊은 고승 있을까
늙은 땡초 고승 될까

같은 일터 마주 보며
고승철, 박노승*

언어유희 즐거웠지
성불成佛하소서!

---

* 박노승(朴魯承), 전 〈경향신문〉 편집국장.

고승高僧 열전

고승이라는 스님들
어찌 하나같이
버럭 성격일까?
제자 닦달할 때
왜 불같이 화를 내며
고함칠까?
"부처님은 누구십니까?"
질문에
"부처는 똥막대기니라!"
이런 엽기적인 대답하실까?
숨을 거둘 때도
좌탈입망坐脫立亡해야,
다비茶毘 후에
사리舍利, 무더기로 나와야
고승일까?
기행奇行 고승 많다 해서
설마 억지 기행 하시지는 않겠지요?
입전수수立廛垂手하소서!

하대 下待

귀공자 용모 유 신부님,
혼자 사는
이웃집 호호백발 안나 할머니께
반말 쓰더라

명의名醫 소문난 정형외과 박 원장님,
허리 못 펴 새우등 울 이모님께
눈알 부라리더라

이마 툭 불거진 용한 작명가 김 영감,
초면 손님 외숙모께
육두문자 쌍말 하더라

그래서
나는 성당, 유명 병원, 철학관
안 간다

명동 성당

나지막한
언덕 위
명동 성당,

높높이 치솟은
리우데자네이루
코르코바두Corcovado 예수상보다
내 맘속엔
더
높다

거룩함은
바벨탑 꼭대기에 있지 않고
병든 노숙자 앞
무릎 꿇은 땅바닥에 있지 않으랴

영혼 사기꾼

마이크 앞에서 고래고래 고함치지 않아도
저 하늘에 주主가 계시다면
다 알아들으리라

회개하라!
화려한 성전聖殿에서 핏대 올리는 그대
아귀 물고기 닮은 면상에 품위라곤 전혀 없네

어리석은 내 눈에도 싸구려 사기꾼으로 보이는데
신성神性 독점하는 그런 자에게 머리 조아리며
영혼과 헌금까지 바치는 석사, 박사들
현실에서는 명석한 분들…
왜 영적靈的 문제엔 허술한지?

가짜 예언자 통하지 말고
하나님께 직접 기도하시길
아차, 속았다며 나중에 대책위원회 만들지 마시고

그러고 보니 믿음직한 성직자는
목소리도 크지 않게 조근조근 말하시네

김일 vs 김기수

역발산혜기개세力拔山兮氣蓋世터니!
청년과 소년 장사壯士, 둘 다 항우 같네
모래판에서 맞붙다
으라차차차!
어깨 딱 벌어진 덩치 큰 청년,
고흥 거금도 해풍海風 힘으로
다부진 몸매 북청 출신 구두닦이 소년을
결승전에서 메다꽂다
1955년 추석 여수 오동도 씨름대회…
청년, 소년은 호형호제呼兄呼弟 결의하다
청년은 일본 밀항, 역도산 제자가 된
'박치기 왕' 프로 레슬러, 김일*
소년 김기수**는 샌드백 두드려
'사각의 정글' 링을 평정

동생, 먼저 이승 떠나자
형, 여수 씨름판 떠올리며 꺼이꺼이 울었다

---

* 김일(金一, 1929~2006), 한국을 대표하는 프로 레슬러.
** 김기수(金基洙, 1938~1997), 한국인 최초의 프로 복싱 세계 챔피언.

자이언츠 박 & 박

맨손으로 호랑이 때려잡은
임꺽정, 신돌석 환생還生일까?
2미터 키 괴력에 공중제비 유연성
박송남, 박성모
프로 레슬링 환상의 태그매치 짝꿍!

얍!
기합 소리 공격에
노르웨이 칼 칼슨, 스웨덴 바이킹 한센
양코배기 거한巨漢들은 추풍낙엽

아랏차!
링 흔드는 포효咆哮에
자이언트 바바, 안토니오 이노키
일본 거인巨人들도 속수무책

자이언츠 박 & 박,
당당한 체구로 한민족 자존심 세운
진정한 장군將軍!

김성률*

장사壯士의 피 끓는 용력勇力 앞에
씨름꾼들 줄줄이 볏짚 허수아비처럼
픽픽 넘어갔지
모래판 평정하며 받은 황소만 해도 서른 마리

쟁쟁한 유도 선수들도
그의 밭다리, 업어치기에 속수무책이었지

레슬링, 투포환, 투원반까지!
힘 쓰는 종목 휩쓴 이 시대 헤라클레스

그를 쓰러뜨린 건
오직 병마病魔뿐

* 김성률(金成律, 1948～2004).

투포환 선수

코흘리개 통영 시절
우리 집 문간방에 신혼부부 살았지
신랑은 호리호리한 태권도 사범
신부는 위풍당당한 투포환 선수

가끔 우당탕 부부싸움 소리
신랑의 절규,
마당 나가서 싸우자!
콧구멍만 한 셋방, 거기서는 돌려차기도 못하겠지

몇 년 후 마산에서 열린 도민 체육대회
그 사범 아저씨, 시범 경기에서 보았지
공중 돌려차기에 송판 서너 개 공중분해!
신출귀몰한 발놀림, 관중 모두 얼이 빠졌지

관중 가운데 투포환 아줌마 얼굴 어른거리네
인사했더니 아무개가 이렇게 컸나? 반기셨지
아저씨하고 싸우면 누가 이겨요? 물었지
방 안에서는 내가 백전백승이야!

아이돌 가수

'무서운 중 2' 딸아이와 소통한답시고
아이돌 가수 이름 외웠네, 고시 공부하듯이!
남자들은 꽃미남, 걸그룹은 쭉쭉빵빵

남자 6인조 그룹 아스트로
MJ, 진진, 차은우, 문빈, 라키, 윤산하
수백 번 보고 또 봐 겨우 다 외웠네

록메탈 걸그룹 드림캐쳐
지유, 수아, 시연, 한동, 유현, 다미, 가현
얼굴, 이름 외우기 쉽지 않네

춤추며 노래 부르는 아스트로
재가 진진, 얘는 윤산하, 맞혔더니
딸아이, 모처럼 반달 눈웃음 반색하네

아파트 엘리베이터 안,
하얀 머리 염색 꽃미남 청년 탔기에
아스트로 윤산하? 아는 체했네
닮았다는 소리 자주 들어요
청년은 치킨 배달원

자부심

동계올림픽 때
강릉행 KTX 타러 전철역 갔더니

아득히 넓은 대합실
미화원 할머니들이
날렵하게 움직이며 대리석 바닥 닦네
컬링 브룸 닮은 밀대 청소기로!
의성 '갈릭 걸'처럼 신바람 나게 외치네

"영미!"
"헐!"
"얍!"

문학사상

1972년 10월 17일 전국 비상계엄령!
'10월 유신維新'의 독재 나팔 소리에도
찍소리 못 하고 골방에서 종주먹만 휘둘렀네
고 3 촌놈, 시골구석에서 감당치 못한 울분
저항이래야 관제官製 국정교과서 덮는 일

실력파 국어 선생님*
손에 든 〈문학사상〉 창간호!
호기심에서 나도 얼른 사 보았지
문학 · 사상의 광활한 지평地平!
그 신천지 밟으며 의분義憤 삭였지

이어령 박경리 김동리 신석정 서정주 김춘수
박두진 양주동 주요한 김병익 염무웅 김현…

문호文豪, 석학碩學 총출동!
10월 창간호, 11월호, 12월 송년호…
읽는 재미에 도끼 자루가 썩어 문드러졌네!
대학입시 낙방…

---

* 주영섭, 당시 마산고 국어 교사. 서울대 국어교육과 졸업.

스승의 날

해마다 5월 스승의 날 즈음이면
고교 선생님 모시고 점심 대접하네

올해 약속일 하루 전날
선생님께서 내게 보낸 문자
내일 못 나가니 양해 바라네
사정은 묻지 말게

혹시 와병臥病?
걱정되어서 선생님의 아드님에게
조심스럽게 문자 넣었지

아버지 건강하시니 염려 마세요
어머니가 조금 편찮으셔서
대신 얼집*에 손주 데리러 가야 해서요

선생님, 오래 건강하십시오
내년 5월엔 제자들 더 많이 모아
모시겠습니다

* '어린이집'을 줄여 부르는 말.

깡패 체육 선생

뱀눈에 사각턱, 짧은 스포츠 머리칼
딱 벌어진 어깨에 왕주먹
한눈에 척 알겠네
깡패 유사족類似族 체육 선생

한여름 아침, 운동장 전교 조회
공자 왈曰, 맹자 왈曰, 군사부일체君師父一體 …
경성사범 출신 교장 훈화는 왜 그리 길고 지루한지
뙤약볕은 왜 그리 뜨거운지
뱃속에 회충 그득한 친구들
얼굴 핏기 사라지면서 비틀거리네

왕주먹, 개들을 찾아내 팍!
아구통* 돌린다
코피 흘리며 픽! 쓰러지는 까까머리 소년들
사각턱, 애들 패기에 신바람 났다
퍽! 이단 옆차기도 하네
도미노처럼 잇달아 넘어지는 학생들 보고도
'자뻑' 교장, 훈화 멈추지 않네

---

* '입'의 경상도 방언.

미술 천재

중학교 친구 R 군은 미술 천재!
하얀 종이 위에 분홍 파스텔로
동그라미 그려 손으로 살살 문지르기만 해도
이계異界의 복숭아처럼 보이네
그래도 미술 실기 점수는 평균 이하 50~60점

미술시간마다 부조, 물감, 공작 재료, 조각칼
학교 구내매점에서 파는
바가지 값 지정 물품 쓰라 하네
홀어머니, 어려운 집안 R 군
돈 없어 미술 용품 못 사네

편파적 실기 점수 매긴 미술 선생,
무슨 대학원 나와 어쩌고저쩌고하여
지방 대학 교수 되었네
개인전 열어 제법 유명짜한 화가 행세도 하네
지방 신문에 칼럼 따위도 쓰는 향토 명사 됐네

상고商高

중학교 졸업식 날, 나는 훌쩍훌쩍 울었지
이런저런 상장 쪼가리, 안중眼中에도 없었지
우등생인데도 집안 형편 어려워
상고商高로 갈 아삼륙 친구가 가련해서

나도 상고생 그 녀석 따라 주산 학원 다녔지
인문계 고교생은 나 혼자뿐
모두 상고, 여상女商 학생들
덕분에 나도 주산 3급 실력

상고 수석 졸업 그 친구
우체국 9급 공무원, 야간 대학 법학도法學徒
공부 재주가 어디 가랴?
사법시험 당당히 합격, 검사로 활약했지

검사 옷 벗고 변호사
전관예우 받아서인지 돈도 꽤 벌었지
이제 좀 살 만하게 되자 찾아온 불청객
병마病魔 맞아 홀연히 이승 떠났네

지독한 사람들

지독한 사람들…
인상이 고약하기는커녕
얼굴들이 달덩이처럼 밝고 훤하네
몸에서는 문향文香, 지향智香 풍기네

지智, 지혜를 찾으려
독讀, 읽고 또 읽어
한閒, 한가로움 좇는
서울의 지·독·한 독서 모임
동서고금東西古今 독서삼매讀書三昧라!
토론 목소리 낭랑朗朗하네!

부산엔 하무리 독서 모임
10년 넘게 책 읽기 용맹정진

지독한 & 하무리,
책 바다에 헤엄치소서

말아톤

영화 〈말아톤〉의 실제 주인공 배형진
두 다리 없는 소년 수영 선수 김세진
시각장애인 최초 철인3종 완주자 차승우*
울산의 시각장애인 마라톤 고수 이윤동
2007년 9월 23일 추석 무렵
호주 시드니 마라톤 대회에 나란히 참가했지
이들 도우려 간 장애인 복지 운동가 백경학

모두 신나게 힘차게 달려
배형진, 영화 주연 조승우처럼 멋지게 골인 했지
김세진, 철제 의족으로 단축 코스 완주했지
차승우, 화장실 두 번 가는 바람에 sub4 놓쳤지
안마사 이윤동,
도우미 김정길이 풀코스 25킬로미터 지점에서
다리에 쥐가 나 쓰러지자
'신神의 손' 안마 솜씨로 뭉친 근육 풀어 줘
결승선에 둘이 나란히 손잡고 피니시!

---

* 필자는 50센티미터 가량의 끈으로 차승우 님과 손목을 연결해 달림.

차범근

강원도 태백시 깊은 산속 노인요양원
얼핏 겉보기엔 호화 리조트
실내에 들어서면 꾸릿꾸릿 똥오줌 냄새 그득
로비 휴게실 TV, 아시안게임
초등학생 몸집만 한 할배, 퀭한 눈망울로 시청하네

차범근! 잘한다!
노인이 고함치기에 화면 봤더니 손흥민…
김진국! 슛!
이번엔 이승우…
박찬숙, 강현숙! 잘도 한다!
박지수, 로숙영…
유경화 스파이크! 조혜정 날아라!
김연경, 나현정…

어르신, 왕년에 운동 좀 하셨나요?
나 몰라?
글쎄요… 누구신지요?
신동파야!
신동파는 키 큰 농구 선수 아닌가요?
무슨 소리야? 내가 진짜 신동파 맞다니까

문화체육관

아이들에게 역사 공부 시킨다고
서울 정동 언덕, 옛 러시아 공사관 견학 갔지
그곳에 고종 임금, 1896년 피신했지
아관파천俄館播遷이라…
남의 나라 공관에 숨어 지낸 국왕, 딱하네!

공사관 앞에 있었던 문화체육관이 어디로?
그곳에서 복싱, 농구, 마당극 봤는데
체육관 사라지고 거대한 아파트 서 있네
그 시절이 태평연월太平烟月이려니…

지팡이 짚고 나타난 꼬부랑 영감님
내 소매 붙잡고 묻네
문화체육관이 왜 안 보이나요?
사라지고 없답니다
농담 마시고 입구 가르쳐 주세요, 지금 급해요!
무슨 일로 오셨습니까? 어르신?
제가 엠비씨 아나운서 아닙니까? 중계 방송하러…
아이고… 딱도 하십니다!

자유로

한강 북안北岸
쭉쭉 뻗은 십 차선 자유로
승용차, 트럭, 버스… 저마다 질주하네

북쪽으로 달리면 북한이 코앞
이름은 자유로, 자유로이 쉴 곳 드무네
'운전하다 졸면 죽는다' 따위 경고판 수두룩
갓길 없고 쉼터 안 보이네
자유로 설계자, 관리자 모두 석두石頭 아닌지?

졸리면 자유로에서 벗어나고 싶네
자유로에서 도피!
에리히 프롬의 《자유自由로부터의 도피》가 연상되네
Escape from Freedom…

밥 딜런

노벨문학상 받은 밥 딜런
그의 노래 가사, 평화 사랑한다 해서 좋은데
노래는 듣기 싫네
그의 목소리가 모기소리처럼 앵앵거려서
가창歌唱 실력은 B급?

비틀즈의 노래도 가사와 곡은 좋은데
노래는 듣기가 불편하네
멤버 모두의 목소리가 앵앵거려서
위대한 가수로 평가받으니 내 귀가 이상한가?

조르주 브라상, 조르주 무스타키
레오 페레, 질베르 베코
이들 음유吟遊시인 노래 들어보셨는지?
깊은 샘에서 우러나오는 청량한 목소리!
듣기만 해도 힐링, 내 귀엔 최고의 가수

〈일리아스〉, 〈오뒤세이아〉 읊으며
청중 사로잡은 호메로스
그 소경 시인의 목소리도 청량했겠지?

비교

1543년 주세붕, 백운동 서원 세움
코페르니쿠스, 지동설 주장
1590년 황윤길 김성일, 일본에서 풍신수길 접견
얀센, 현미경 발명
1608년 경기도에 대동법 시행
네덜란드 안경 기술자, 망원경 발명
1654년 하멜, 한양에서 광대 취급받음
파스칼, 확률이론 정립
1765년 홍대용, 연경燕京에서 서양 문물에 놀람
와트, 증기기관 발명

1636년

병자호란, 10만 청군 닷새 만에 서울 유린
인조, 청 태종 앞에서 삼궤구고두三跪九叩頭

데카르트, X, Y, Z축 좌표 고안해 해석기하학 정립
나는 생각한다, 그러므로 나는 존재한다*Cogito ergo sum*!

미국 하버드대학 설립
지식의 힘, 세계를 지배하다

일본 막부幕府, 인공 섬 데지마出島 축조
여기에 네덜란드 상관商館 설치 시작

무식 無識

한국인에게 가장 모욕적인 욕설은?
○○놈, ○○새끼?
이보다 더 독한 말은 '무식無識한 놈!' 아닐까?
진짜 무식한 사람도 이 소리 들으면
꼭지 돌아가 눈알 부라린다
숭문崇文주의 때문이겠지

남의 애들 욕할 때 가장 독한 말은?
'머리 나쁜 아이' 아닐까?
교사들이 학부모에게 하는 상투적, 외교적 발언
머리는 좋은데 공부를 안 해서 성적이 좀…

손재주 좋으니 공부보다는 기술을 배우면 좋을 듯…
진실 말하는 교사, 교육청에 고발당하곤 한다

축軸의 시대

공자孔子, 맹자孟子, 노자老子, 장자莊子
소크라테스, 플라톤, 아리스토텔레스
고타마 싯다르타

이들 현자賢者가 숨 쉬던 시대를
독일 할배 야스퍼스는
'축軸의 시대'라 불렀지
the Axial Age…

수녀 옷 벗은 카렌 암스트롱 여사는
《축의 시대》라는 책도 썼지

성현계聖賢界 최연장자는 BC 624년생 싯다르타 부처님
이들의 영적靈的 통찰洞察, 수천 년간 빛나네

특이점*singularity**이 지나면 또 다른 '축의 시대' 올까?

---

* 인공지능이 비약적으로 발전해 인간 지능을 뛰어넘는 기점.

성문 종합영어

영어참고서 챔피언 《성문 종합영어》
저자 송성문* 선생, 얼굴 사진을 봤네
국립중앙박물관 2층 전시실에서 …
참고서 팔아 번 뭉칫돈
국보, 보물 등 문화재 사들이셨군
모두 101점, 기증하셨네

평북 정주가 고향, 6·25 때 월남
부산 미군부대 일 도우며 영어 배워
야간 대학 영문과 나와 마산고 영어 교사
뉴질랜드 연수 가서 자료 모아 참고서 집필
1967년 불후의 《정통 종합영어》 탄생
1976년 《성문 종합영어》로 개명
고향에 박물관 세우는 게 꿈이었다고 …
통일되면 정주 성문박물관 세워지기를!

나도 종합영어 참고서 샀으니
국보 246호 대보적경大寶積經 기증하는 데
1피피엠 쯤 기여했겠지?

---

* 1931~2011.

혁명

낡은 기둥, 송두리째 허물고
썩은 뿌리, 통째 뽑았다
새 뿌리 심고 새 기둥 세웠다
임플란트 시술

내 입안에서는 혁명 쓰나미 몰아치지만
다른 사람 눈에는
치과 의자에 편히 누운 자태

프랑스 혁명, 러시아 혁명도
장구長久한 빅 히스토리에선
찻잔 속의 폭풍이겠지

국민교육헌장

'별이 빛나는 하늘을 보고
가야 할 길을 알 수 있던 시대는 얼마나 행복한가.'

루카치 선생의 《소설의 이론》,
이 서두序頭로 유명하지
그래, 갈 곳 분명하고 길이 훤하다면 얼마나 안심되랴

우리는 왜 태어났나?
바닥 모를 심연深淵에 가야 해답 찾을까

국가에서 탄생의 이유를 설명해 주던 때도 있었지
'우리는 민족중흥의 역사적 사명을 띠고
이 땅에 태어났다!'
장중한 장문, 꼬마조차 뜻도 모르고 달달 외워야 했지
학교에서 다 못 외우면 집에 보내주지도 않았지
외우기 쉬우라고 곡曲 붙여 성가처럼 부르기도 했지

왜 태어났는지 몰라도 좋으니
국가에서 가르쳐 주지 마시라
내 앞길 혼미昏迷해도 그건 내 몫
제 3자가 이래라저래라 마시라

무량대수無量大數

9999억 원에 1억億 원을 더하면? 1조兆 원
9999조 원에 1조 원을 더하면? 1경京 원
경京은 생소한 단위 아닌가?
2017년 한국의 국부國富 총액은? 1경 3817조 원
그러니 벌써 쓰이네

9999경 원에 1경 원을 더하면? 이런 단위가 있을까?
걱정 마시라, 해垓라고 한다
해垓가 1만 개 모이면? 자秭…
옛 사람들, 숫자 단위 엄청 준비하셨네!
자秭가 1만 개이면 양穰
이렇게 1만 개씩 묶은 수數는 이어지네

구溝, 간澗, 정正, 재載, 극極…
이보다 더 큰 숫자도 있을까? 물론!
항하사恒河沙, 아승기阿僧祇, 나유타那由他,
불가사의不可思議, 무량대수無量大數
이보다 많은 수는 무한대無限大 ∞일까?

큰 숫자 머릿속에 굴릴수록
내 몸피, 왜 이리 왜소해 보일꼬?

주역周易 상경上經

물, 불, 땅, 하늘, 바람 등 자연 이치에 관한 30괘
원시原始 농업사회 지지知智의 결정結晶이라는데…
인공지능, 우주로켓 시대에도 통할까?

중천건 중지곤 수뢰준	重天乾 重地坤 水雷屯
산수몽 수천수 천수송	山水蒙 水天需 天水訟
지수사 수지비 풍천소축	地水師 水地比 風天小畜
천택리 지천태 천지비	天澤履 地天泰 天地否
천화동인 화천대유 지산겸	天火同人 火天大有 地山謙
뇌지예 택뢰수 산풍고	雷地豫 澤雷隨 山風蠱
지택림 풍지관 화뢰서합	地澤臨 風地觀 火雷噬嗑
산화비 산지박 지뢰복	山火賁 山地剝 地雷復
천뢰무망 산천대축 산뢰이	天雷无妄 山天大畜 山雷頤
택풍대과 중수감 중화리	澤風大過 重水坎 重火離

주역周易 하경下經

대자연의 법칙에서 인간이 본받아야 할 원리 34괘
《주역》의 영어 번역본 제목은 *the Book of Change*
아하! 만물은 늘 변화*change*한다는 뜻이렷다!

택산함 뇌풍항 천산둔	澤山咸 雷風恒 天山遯
뇌천대장 화지진 지화명이	雷天大壯 火地晉 地火明夷
풍화가인 화택규 수산건	風火家人 火澤睽 水山蹇
뇌수해 산택손 풍뢰익	雷水解 山澤損 風雷益
택천쾌 천풍구 택지췌	澤天夬 天風姤 澤地萃
지풍승 택수곤 수풍정	地風升 澤水困 水風井
택화혁 화풍정 중뢰진	澤火革 火風鼎 重雷震
중산간 풍산점 뇌택귀매	重山艮 風山漸 雷澤歸妹
뇌화풍 화산려 중풍손	雷火豊 火山旅 重風巽
중택태 풍수환 수택절	重澤兌 風水渙 水澤節
풍택중부 뇌산소과	風澤中孚 雷山小過
수화기제 화수미제	水火旣濟 火水未濟

세뱃돈 풍년

죽마고우 홍진수洪鎭秀 군
어릴 때도 총명 민첩
알쏭달쏭 천자문千字文을
여섯 살에 완전 암기
설날 세배 만 원 한 장
여러 손자 희희낙락
소년 진수 받지 않고
천자문을 암송하네
"일월영측日月盈昃 진수열장辰宿列張!"
진수에겐 열 장 달라
이런 해석 우겼단다
할아버지 파안대소
옜다! 기분 열 장 줄게!

천자문千字文 1

서당 철부지들, 뜻도 모르고
종아리에 매 맞으며 마구 외웠겠지?
우주 원리, 고대古代 역사 압축한
1,000개의 신비한 글자, 천자문千字文!

天地玄黃 宇宙洪荒 천지현황 우주홍황
日月盈昃 辰宿列張 일월영측 진수열장
寒來暑往 秋收冬藏 한래서왕 추수동장
閏餘成歲 律呂調陽 윤여성세 율려조양
雲騰致雨 露結爲霜 운등치우 노결위상
金生麗水 玉出崑岡 금생려수 옥출곤강
劍號巨闕 珠稱夜光 검호거궐 주칭야광
果珍李柰 菜重芥薑 과진리내 채중개강
海鹹河淡 鱗潛羽翔 해함하담 린잠우상
龍師火帝 鳥官人皇 용사화제 조관인황
始制文字 乃服衣裳 시제문자 내복의상
推位讓國 有虞陶唐 퇴위양국 유우도당
弔民伐罪 周發殷湯 조민벌죄 주발은탕
坐朝問道 垂拱平章 좌조문도 수공평장
愛育黎首 臣伏戎羌 애육여수 신복융강

천자문 2

요즘 얼라들에게
서당에서처럼 천자문 외우게 하면
문리文理 틔는 데 도움 될까?
웬 구닥다리? 눈총 받을까?

遐邇壹體 率賓歸王 하이일체 솔빈귀왕
鳴鳳在樹 白駒食場 명봉재수 백구식장
化被草木 賴及萬方 화피초목 뢰급만방
蓋此身髮 四大五常 개차신발 사대오상
恭惟鞠養 豈敢毁傷 공유국양 기감훼상
女慕貞烈 男效才良 여모정렬 남효재량
知過必改 得能莫忘 지과필개 득능막망
罔談彼短 靡恃己長 망담피단 미시기장
信使可覆 器欲難量 신사가복 기욕난량
墨悲絲染 詩讚羔羊 묵비사염 시찬고양
景行維賢 克念作聖 경행유현 극념작성
德建名立 形端表正 덕건명립 형단표정
空谷傳聲 虛堂習聽 공곡전성 허당습청
禍因惡積 福緣善慶 화인악적 복연선경
尺璧非寶 寸陰是競 척벽비보 촌음시경

천자문 3

한문 공부 첫걸음이라지만 만만찮네!
한문학자 김근金槿 교수,
문자 속에 권력이 숨었다는데…
요즘 권세가權勢家님들, 천자문 아시나요?

資父事君 曰嚴與敬 자부사군 왈엄여경
孝當竭力 忠則盡命 효당갈력 충즉진명
臨深履薄 夙興溫凊 임심리박 숙흥온정
似蘭斯馨 如松之盛 사란사형 여송지성
川流不息 淵澄取映 천류불식 연징취영
容止若思 言辭安定 용지약사 언사안정
篤初誠美 愼終宜令 독초성미 신종의령
榮業所基 籍甚無竟 영업소기 적심무경
學優登仕 攝職從政 학우등사 섭직종정
存以甘棠 去而益詠 존이감당 거이익영
樂殊貴賤 禮別尊卑 악수귀천 예별존비
上和下睦 夫唱婦隨 상화하목 부창부수
外受傅訓 入奉母儀 외수부훈 입봉모의
諸姑伯叔 猶子比兒 제고백숙 유자비아
孔懷兄弟 同氣連枝 공회형제 동기련지

천자문 4

명필 한석봉韓石峯 천자문 글씨책
시골 장터 허름한 좌판에서
2, 3천 원에 팔리고 있네
노점상 노인, 꾸벅꾸벅 조시네

交友投分 切磨箴規 교우투분 절마잠규
仁慈隱惻 造次弗離 인자은측 조차불리
節義廉退 顚沛匪虧 절의렴퇴 전패비휴
性靜情逸 心動神疲 성정정일 심동신피
守眞志滿 逐物意移 수진지만 축물의이
堅持雅操 好爵自縻 견지아조 호작자미
都邑華夏 東西二京 도읍화하 동서이경
背邙面洛 浮渭據涇 배망면락 부위거경
宮殿盤鬱 樓觀飛驚 궁전반울 누관비경
圖寫禽獸 畵綵仙靈 도사금수 화채선령
丙舍傍啓 甲帳對楹 병사방계 갑장대영
肆筵設席 鼓瑟吹笙 사연설석 고슬취생
陞階納陛 弁轉疑星 승계납폐 변전의성
右通廣內 左達承明 우통광내 좌달승명
旣集墳典 亦聚群英 기집분전 역취군영
杜藁鍾隷 漆書壁經 두고종례 칠서벽경

천자문 5

서예가 강암剛菴 송성용宋成鏞,
소설가 김성동金聖東
이분들이 쓴 천자문, 붓펜으로 따라 쓰고 싶네
요즘도 신언서판身言書判 통할까?

府羅將相 路挾槐卿 부라장상 노협괴경
戶封八縣 家給千兵 호봉팔현 가급천병
高冠陪輦 驅轂振纓 고관배련 구곡진영
世祿侈富 車駕肥輕 세록치부 거가비경
策功茂實 勒碑刻銘 책공무실 늑비각명
磻溪伊尹 佐時阿衡 반계이윤 좌시아형
奄宅曲阜 微旦孰營 엄택곡부 미단숙영
桓公匡合 濟弱扶傾 환공광합 제약부경
綺回漢惠 說感武丁 기회한혜 열감무정
俊乂密勿 多士寔寧 준예밀물 다사식녕
晋楚更覇 趙魏困橫 진초경패 조위곤횡
假途滅虢 踐土會盟 가도멸괵 천토회맹
何遵約法 韓弊煩刑 하준약법 한폐번형
起翦頗牧 用軍最精 기전파목 용군최정
宣威沙漠 馳譽丹靑 선위사막 치예단청
九州禹跡 百郡秦幷 구주우적 백군진병

천자문 6

아마추어 마라토너 천 회장님,
풀코스 내내 천자문 읊으면서 달린다 하네
그러면 별 고통 없이 완주하신다니!
암송暗誦의 힘!

嶽宗恒岱 禪主云亭 악종항대 선주운정
雁門紫塞 鷄田赤城 안문자새 계전적성
昆池碣石 鉅野洞庭 곤지갈석 거야동정
曠遠綿邈 巖岫杳冥 광원면막 암수묘명
治本於農 務茲稼穡 치본어농 무자가색
俶載南畝 我藝黍稷 숙재남무 아예서직
稅熟貢新 勸賞黜陟 세숙공신 권상출척
孟軻敦素 史魚秉直 맹가돈소 사어병직
庶幾中庸 勞謙謹勅 서기중용 노겸근칙
聆音察理 鑑貌辨色 영음찰리 감모변색
貽厥嘉猷 勉其祗植 이궐가유 면기지식
省躬譏誡 寵增抗極 성궁기계 총증항극
殆辱近恥 林皐幸卽 태욕근치 임고행즉
兩疏見機 解組誰逼 양소견기 해조수핍
索居閑處 沈默寂寥 색거한처 침묵적료
求古尋論 散慮逍遙 구고심론 산려소요

천자문 7

천자문 지은이, 양梁나라 학자 주홍사周興嗣
하룻밤 새워 짓고 머리칼 허옇게 세었다 하네
그래서 백수문白首文이라고도 불린다네
아름다운 사언고시四言古時 250구句

欣奏累遣 慼謝歡招 흔주루견 척사환초
渠荷的歷 園莽抽條 거하적력 원망추조
枇杷晩翠 梧桐早凋 비파만취 오동조조
陳根委翳 落葉飄颻 진근위예 낙엽표요
游鵾獨運 凌摩絳霄 유곤독운 능마강소
耽讀翫市 寓目囊箱 탐독완시 우목낭상
易輶攸畏 屬耳垣牆 이유유외 속이원장
具膳飧飯 適口充腸 구선손반 적구충장
飽飫烹宰 飢厭糟糠 포어팽재 기염조강
親戚故舊 老少異糧 친척고구 노소이량
妾御績紡 侍巾帷房 첩어적방 시건유방
紈扇圓潔 銀燭煒煌 환선원결 은촉위황
晝眠夕寐 藍筍象牀 주면석매 남순상상
絃歌酒讌 接杯擧觴 현가주연 접배거상
矯手頓足 悅豫且康 교수돈족 열예차강
嫡後嗣續 祭祀蒸嘗 적후사속 제사증상

천자문 8

천자문 이렇게 나열한 이유는?
한글 읽어 암송하고
한자漢字, 손으로 써 보시라고!
몸으로 익혀야 머리에 오래 남습니다!

稽顙再拜 悚懼恐惶 계상재배 송구공황
牋牒簡要 顧答審詳 전첩간요 고답심상
骸垢想浴 執熱願凉 해구상욕 집열원량
驢騾犢特 駭躍超驤 여라독특 해약초양
誅斬賊盜 捕獲叛亡 주참적도 포획반망
布射僚丸 嵇琴阮嘯 포사료환 혜금완소
恬筆倫紙 鈞巧任釣 염필륜지 균교임조
釋紛利俗 竝皆佳妙 석분리속 병개가묘
毛施淑姿 工嚬姸笑 모시숙자 공빈연소
年矢每催 曦暉朗曜 연시매최 희휘랑요
璇璣懸斡 晦魄環照 선기현알 회백환조
指薪修祐 永綏吉劭 지신수우 영수길소
矩步引領 俯仰廊廟 구보인령 부앙랑묘
束帶矜莊 徘徊瞻眺 속대긍장 배회첨조
孤陋寡聞 愚蒙等誚 고루과문 우몽등초
謂語助者 焉哉乎也 위어조자 언재호야

自書 跋文

'경쾌한 독설(毒舌)'의 미학(美學)을 찾아서

가장 짧은 시(詩)는?

프랑스 문인 쥘 르나르(Jules Renard, 1864~1910)의 〈뱀〉(*Le Serpent*)이라 한다.

> 너무 길다.
> Trop long.
>
> —〈뱀〉 전문

그럼 가장 짧은 소설은?

온두라스 출신 작가 아우구스토 몬테로소(Augusto Monterroso, 1921~2003)의 〈그 공룡〉(*El Dinosaurio*)이란다. 딱 한 문장으로 끝난다!

깨어났을 때, 그 공룡은 여전히 거기에 있었다.
Cuando despertó, el dinosaurio todavía estaba allí.

—〈그 공룡〉 전문

이 짧은 글이 소설이라기에 찬찬히 살펴보니 나름의 줄거리와 기승전결(起承轉結)을 가졌다.

그렇다면 이 《춘추전국시대》에 실린 대부분의 글은 시 형식이긴 한데 어설픈 서사(敍事)를 가졌기에 매우 짧은 소설로도 볼 수 있겠다. 시, 소설 구분이 부질없는 일이긴 하지만….

2018년 나남수목원 풍경 사진을 담은 탁상 달력을 받은 게 발단(發端)이었다.

4×12센티미터 크기의 메모용 여백에 점심, 저녁 약속 따위 이외에 뭔가 의미 있는 글을 쓰면 어떨까? 이런 착상 끝에 뮤즈(Muse)의 목소리가 내 귀에 들리는 대로 손 글씨로 몇 자 끼적거렸다. 몇 달 지나니 100편이 넘는 글이 쌓였다.

시(詩)? 경구(警句)? 잠언(箴言)? 단상(斷想)? 골계(滑稽)? 풍자(諷刺)?

아니면 장르 불명의 잡(雜)글?

수백 쪽짜리 장편소설을 쓰는 일이 농경(農耕)이라면 시작(詩作)은 수렵(狩獵)이겠다. 육상 종목으로 치자면 전자(前者)는 마라톤, 후자(後者)는 100미터, 200미터 단거리겠다. 보스턴 마라톤 우승자 이봉주 선수가 100미터 대회에 나가면 예선 탈락, '총알 사나이' 우사인 볼트가 마라톤 대회에 출전하면 역시 꼴찌를 면치 못하리라. 양자(兩者)는 근육도 다르다. 장거리 선수는 지구력(持久力)을 발휘하는 지근(遲筋)이, 스프린터는 순

나남수목원
2018 탁상 달력

발력(瞬發力)을 내는 속근(速筋)이 발달돼 있다.

소설가와 시인을 겸업(兼業)하는 문인이 간혹 있긴 한데 이런 분들은 농사꾼의 인내심과 사냥꾼의 모험심을 겸비했겠다. 나는 이도 저도 아닌 경계선상의 얼치기일 뿐이다.

쇳덩이를 벼려 날카로운 보검을 만들 듯, 일상의 입말을 시적(詩的) 언어로 조탁(彫琢)하려 내 딴에는 안간힘을 썼다. 시작법(詩作法), 시론(詩論) 등은 보지 않았다. '경쾌한 독설(毒舌)'의 미학(美學)을 추구한다는 거창한 목표를 내세우고!

'무식하면 용감하다'는 속설처럼 나도 잡글 묶음을 시집(詩集)으로 과대 포장하는 만용을 부렸다.

• 고승철 장편소설 •

흙수저 반란사건의 내막!
한국판 '돈키호테'의 반란은
과연 성공할 수 있을까?

여신

젊은 시절 영화관 '간판장이'였던 탁종팔은 자수성가해 부초그룹의 회장이 된다. 그는 한편 부초미술관을 세워 국보급 미술품을 모은다. 겉으로 보기에는 돈 많은 미술 애호가인 듯하지만 탁 회장의 야심은 만만치 않다. 바로 '헬조선'의 구조 자체를 뒤바꾸는 것! 그의 야심에 장다희, 민자영 등 '흙수저' 출신의 걸물이 속속 모여들고, 이를 감지한 이탈리아 마피아도 움직이기 시작하는데….

신국판 I 312면 I 13,800원

한국 근현대사 최초의
르네상스적 선각자 서재필!
광야에서 외친 그의 치열한
내면세계를 밝힌다!

소설 **서재필**

'몽매한' 조국 조선의 개화를 위해 온몸을 던졌던 문무겸전 천재 서재필을 언론인 출신 소설가 고승철이 화려하게 부활시켰다. 구한말 개화의 소용돌이 속에서 펼치는 웅대한 스케일의 스토리는 대(大)서사시를 방불케 한다. 21세기 지금 정치 리더십이 실종된 한국, 그의 호방스런 기개와 날카로운 통찰력이 그립다!

신국판 I 456면 I 13,800원

• 고승철 장편소설 •

언론인 출신 작가 고승철이 증언하는 정치권력의 실상!

은빛까마귀

장기집권 야욕을 불태우는 현직 대통령과 목숨 걸고 이를 막으려는 애송이 기자의 숨 막히는 '육탄대결'을 그린 소설. 얼치기 운동권 김시몽은 대권을 잡고 영구집권 음모를 꾀한다. 또 노벨문학상을 받기 위해 공작을 펼친다. 이를 눈치챈 수습기자 시현이 특종보도한다. 이 과정에서 김시몽 통령은 시현을 비롯한 관련자를 안가로 납치, 조선시대 방식의 국문(鞠問)을 가하는데…. 권력자에 저항하는 마이너리티의 통쾌한 반란!

신국판 I 320면 I 12,000원

개마고원에서 펼쳐지는 비밀프로젝트!
문학적 상상력으로 빚어낸 한반도 평화의 새 지평!

개마고원

불우한 유년을 딛고 성공한 CEO 장창덕과 재벌 기업가 윤경복은 대북사업의 일환으로 북한 반체제 활동자금을 지원한다. 개마고원에서 북한 지도자를 만난 장창덕은 한반도에 새 패러다임을 열어줄 아이디어를 털어놓는데…. 6·25 전쟁 당시 가장 참혹했던 장진호 전투가 벌어진 비극의 무대 개마고원이 이제 한반도 평화를 꿈꾸는 희망의 무대가 된다.

신국판 I 408면 I 12,800원